CHARLES GLINEL

LE POÈTE FÉLIX ARVERS

2me ÉDITION

REVUE ET AUGMENTÉE

REIMS
F. MICHAUD, Libraire
... rue du Cadran-Saint-Pierre.

PARIS
A. ROUQUETTE, Libraire
69, Passage Choiseul.

1897

LE POÈTE FÉLIX ARVERS

DU MÊME AUTEUR :

Alexandre Dumas et son Œuvre, — 1 vol. in-8° raisin, Reims, F. Michaud, 1885.

Tiré à 350 exemplaires numérotés sur vélin et 25 sur papier de Hollande.

CHARLES GLINEL

LE POÈTE

FÉLIX ARVERS

2me ÉDITION

REVUE ET AUGMENTÉE

REIMS
F. MICHAUD, Libraire
19, rue du Cadran-Saint-Pierre.

PARIS
A. ROUQUETTE, Libraire
69, Passage Choiseul.

1897

JUSTIFICATION DU TIRAGE :

150 Exemplaires numérotés sur vergé de Hollande Van Gelder Zonen.

50 Exemplaires sur vélin non mis dans le commerce.

FÉLIX ARVERS

INTRODUCTION

Un sonnet que toutes les anthologies reproduisent, la plupart en le dénaturant, un sonnet qui n'est même pas sans défaut, a immortalisé le nom de Félix Arvers.

Et pourtant, jusqu'en ces dernières années, la vie de ce poète, doublé d'un vaudevilliste et même d'un dramaturge, est demeurée presque ignorée. Nous avons bien, en février 1886 dans une plaquette (1), *en février 1888 dans une livraison du* Livre, *Revue du Monde littéraire* (2), *essayé de dissiper ces ténèbres*

(1) Félix Arvers (1806-1850), par Charles Glinel ; 1 vol. in-8°, raisin, de 54 p., Reims, F. Michaud ; Paris, P. Rouquette, 1886, tiré à 107 exemplaires. (Epuisé.)

(2) Paris, maison Quantin.

et d'esquisser une bio-bibliographie d'Arvers ; mais ces deux études, incomplètes à notre très grand regret, s'adressaient nécessairement à un nombre restreint de lecteurs. En revanche, nous leur avons dû de précieuses communications et la découverte de nouveaux documents dont l'analyse peut intéresser les bibliophiles et les curieux.

Depuis quelque temps, d'ailleurs, il semble qu'un renouveau de notoriété littéraire profite à l'auteur de Mes Heures perdues. *Des variations plus ou moins brillantes s'exécutent sur le sonnet auquel il a donné son nom. On annonce une nouvelle étude sur sa vie et ses œuvres.*

A défaut d'autre mérite, nous avons le droit de revendiquer, au moins, la priorité sur les autres biographes. Nous avons donc pensé que le moment était venu de refondre nos premiers travaux et de leur donner un complément nécessaire.

C. G.

LA FAMILLE DE FÉLIX ARVERS

Famille paternelle. — La famille paternelle de notre héros était originaire de la Touraine.

L'aïeul de Félix Arvers, Guillaume-Pierre Arvers, né à l'Isle-Bouchard, près Chinon (Indre-et-Loire) vécut sur ses terres à Rilly, à deux lieues de distance de l'Isle-Bouchard.

La femme de ce dernier, Rose-Thérèse Delahaye, était fille d'un négociant de Châtellerault (Vienne). Tous deux, domiciliés à Châtellerault, moururent en décembre 1787 et furent inhumés à l'Isle-Bouchard (1).

Treize enfants naquirent de leur union, mais huit d'entre eux moururent avant d'avoir atteint leur majorité.

Les cinq qui vécurent étaient :

1° Charles-François-Marie Arvers ;

(1) Par les Delahaye, feu le Général de division Arnaudeau, Eugène-Jean-Marie, sénateur de la Nièvre, né à Laon (Aisne), le 8 septembre 1821, était parent de Félix Arvers, qu'il avait connu dans sa jeunesse.

2° Pierre-Guillaume-Thérèse Arvers, père de Félix Arvers, et auquel nous reviendrons.

3° Madame Gauthier ;

4° Madame Charlot ;

5° Madame Roberdeau.

Charles-François-Marie Arvers, né le 2 février 1759, à Châtellerault, était pharmacien rue de la Grosse-Horloge, à Rouen. Avec M. Saint-Évron, teinturier en la même ville, il imagina, en 1785, d'aviver le rouge des Indes au moyen d'un sel d'étain, et donna ainsi à cette couleur l'éclat et le reflet qui lui assurent une supériorité marquée sur les tissus teints dans le Levant et dans les Indes (1). Il eut dix enfants dont huit moururent en bas âge. Les deux qui survécurent étaient :

1° Louis-Alexandre Arvers, né en juillet 1789 à Rouen, agrégé de la Faculté de médecine de Paris, professeur d'histoire naturelle au lycée Louis-le-Grand, conservateur au Muséum, décédé en 1858. L'Almanach du Commerce indique ce savant comme habitant, en 1836 et 1837, le N° 74 de la rue Monsieur-le-Prince.

2° Victor Arvers, né le 5 mars 1797 à Rouen,

(1) Voir le Dictionnaire universel de P. Larousse, Tome XIV, article *Teinture*.

décédé à Lyon en juin 1871, pharmacien-major de première classe en retraite. Ce dernier a laissé deux fils, cousins au cinquième degré de l'auteur de *Mes Heures perdues* :

M. Charles Arvers, aujourd'hui commandant du Génie en retraite à Paris, et M. Paul Arvers, ancien sous-directeur de l'Infanterie au Ministère de la Guerre, actuellement général de brigade.

Des trois tantes paternelles de Félix Arvers, l'aînée, Victoire-Élisabeth Arvers, mariée à M. Gauthier, marchand de vin et eau-de-vie en gros à Paris, a laissé une fille, Victorine Gauthier, qui épousa son cousin-germain M. Roberdeau, et des petits-enfants qui habitaient Saumur. La seconde, Sophie Arvers, mariée à M. Charlot, cultivateur à Rilly, a laissé un petit-fils, capitaine de dragons ; la troisième, Julie Arvers, devint la femme de M. Roberdeau, employé dans les eaux-et-forêts, à Neuillé, canton de Saumur, c'est un de leur fils qui a épousé Victorine Gauthier, sa cousine-germaine, retirée à Nantes depuis son veuvage. L'une des filles de Madame Roberdeau, née Arvers, se maria en 1816, avec le colonel de Saint-Hillier, père du colonel de ce nom, tué à la bataille de Spickeren le 6 août 1870, à la tête du 2me régiment d'infanterie de ligne qu'il commandait.

Famille maternelle. — La famille maternelle du poète était originaire de l'arrondissement de Joigny (Yonne). Son aïeul, Jean-Baptiste-Alexis-Joachim Vérien, qui exerçait la profession de menuisier, fut maire de Cézy, où il mourut le 10 janvier 1818. Il était né en 1745, à Saint-Julien-du Sault, du mariage de Jean-Baptiste Vérien et de Colombe Perrier. Son frère, Julien-Martin Vérien, né en 1756 et décédé en 1853, à 97 ans, avait été délégué en 1790 à la fête de la Fédération.

Homme remarquablement intelligent, eu égard à l'instruction limitée qu'il avait reçue, il avait réussi à accroître cette instruction par son énergie et sa persévérance.

Cette famille n'est plus représentée à Cézy ; une cousine-germaine de Félix Arvers, née en 1806, comme lui, Madame Claudine-Eugénie Vérien, mariée à M. Fourrier, ancien huissier, habitait en ces dernières années Saint-Julien-du Sault, où réside un autre parent de notre héros, M. J.-E. Crédé, qui est à la fois un savant et un bibliophile.

LES ANNÉES D'ENFANCE. — LE PRIX D'HONNEUR DE 1824.

L'auteur de *Mes Heures perdues* naquit à Paris le 23 juillet 1806.

Voici, au surplus, l'acte de l'état civil qui constate son entrée dans la vie :

Du vingt-cinq juillet mil huit cent six, deux heures un quart du soir, acte de naissance de Alexis-Félix, du sexe masculin, né avant-hier, à sept heures du soir, rue Guillaume, N° 1, division de la Fraternité, fils du sieur Pierre-Guillaume-Thérèse Arvers, marchand de vins en gros, et de dame Jeanne Vérien, domiciliés susdite demeure, mariés à Paris depuis douze ans. Premier témoin, sieur François-Étienne-Ebbon Prignol, ancien avocat, âgé de 54 ans, demeurant rue de la Loi, N° 29 ; second témoin sieur Edme Lemoine, marchand de vins en gros, âgé de 50 ans, demeurant rue Guillaume, N° 4. — Sur la réquisition du sieur Arvers, père de l'enfant. Constaté par moi, maire du 9me arrondissement de Paris et après lecture ont signé ainsi : Arvers, Prignol, Lemoine et J.-P. Ledru, adjoint. Pour copie conforme délivrée le 6 juillet 1819, le maire du 9me arrondissement de Paris (signé) Pantin, adjoint. — Admis par la commission, loi du 12 février 1872. Le membre de la commission (signé) de Marcheville.

Pour expédition conforme. Paris, le 30 juillet 1885. Le secrétaire général de la Préfecture. Pour le secrétaire général, le conseiller de Préfecture délégué, Laty.

Vu par nous, juge, pour la légalisation de la signature de M. Laty, pour empêchement de M. le Président du Tribunal civil de première instance de la Seine, ce 31 juillet 1885 (signé) F. Blanc.

L'enfant fut baptisé sur la paroisse de Saint-Louis-en-l'Ile, ainsi que le constate l'acte suivant :

Extrait du registre des baptêmes de la paroisse Saint-Louis-en-l'Ile, à Paris.

Le douze d'août mil huit cent six, a été par nous, prêtre, vicaire de cette paroisse, soussigné, baptisé Félix-Alexis, né le vingt-trois juillet rue Guillaume, N° 1, de Pierre-Guillaume-Thérèse Arvers, marchand de vins en gros, et de Jeanne Vérien, son épouse. Le parrain François-Étienne-Ebbon Prignol, rue de Richelieu (1), N° 29. La marraine, Geneviève-Appoline-Victoire Prignol, même rue et même maison. Lesquels ont signé avec nous le présent acte, le père présent.

Pour copie conforme :

Ch. Collignon, vic.

Paris, le 7 juillet 1885.

(1) C'est vers 1806, d'après le *Dictionnaire des Rues de Paris* de Félix Lazare, que le nom de *Richelieu* fut rendu à la rue de la Loi, peut-être entre la naissance et le baptême d'Arvers, ajouterons-nous.

Construite vers 1630, la rue Guillaume, où est né Arvers, reliait le quai d'Orléans à la rue Saint-Louis-en-l'Ile ; elle porte aujourd'hui, en vertu d'un décret du 27 février 1867, le nom de rue Budé et elle est située dans le IVe arrondissement (Hôtel-de-Ville-Notre-Dame).

M. Arvers père paraît avoir continué son commerce de vins à Paris jusqu'en 1819, habitant successivement le N° 1 de la rue Guillaume jusqu'en 1809 ; le N° 3 jusqu'en 1812 ; le N° 9 de la rue des Filles-du-Calvaire jusqu'en 1814, et en dernier lieu le N° 7 de cette même rue.

Vers 1819, sans renoncer aux opérations commerciales, il alla se retirer à Cézy. Mais, sur ces entrefaites, l'enfant avait grandi, il fallait songer à son instruction. C'est d'abord à l'institution Guillet, puis, dès la seconde année, à l'établissement Massin dont les élèves suivaient les cours du collège Charlemagne, que ses parents avaient confié leur unique enfant. La séparation dut être pénible de part et d'autre.

M. Arvers père ne jouit pas longtemps de la modeste aisance qu'il avait conquise par son travail ; il mourait à Cézy le 23 novembre 1823.

Né le 15 octobre 1764, le troisième des treize enfants dont se composait sa famille, il était donc âgé de 59 ans seulement. Il n'avait pu pressentir, avant de quitter la vie, les glorieux succès qui devaient couronner bientôt les études littéraires de son fils. Qui sait même si ce n'est pas cette terrible épreuve qui fit subir au caractère et à la volonté de l'enfant une féconde métamorphose ?

Félix Arvers, nous le répétons, avait fait la plus grande partie de ses études à l'institution Massin.

La preuve en résulte d'abord d'une rectification écrite de l'honorable chef de cet établissement, insérée le 18 août 1824 au *Moniteur universel.*

De plus, et en dépit d'une lettre à nous adressée le 26 juillet 1883 par M. le Proviseur, il est certain que les palmarès du collège Charlemagne « au lieu de ne faire (en 1822-23 et 25) aucune mention de cet élève », relatent sans interruption, de 1820 à 1825, ses nominations annuelles. En voici d'ailleurs le relevé exact :

Au collège Charlemagne

1820. — En 3me (Institution Guillet), 5e accessit de version latine et 4e de vers latins.

1821. — Redouble sa 3e (Institution Massin), 3e accessit de version latine ; 2e de vers latins ; 4e de thème latin ; 5e de version grecque.

1822. — En seconde (Institution Massin), 3me accessit de version latine ; 4e de vers latins ; 4e de thème latin, et 1er de version grecque.

1823. — Rhétorique (Massin), 1er accessit de version latine.

1824. — (Vétéran de rhétorique), 2e prix de discours latin ; 2e accessit de discours français, 1er de vers latins et 2e de version latine.

1825. — Philosophie, 1er accessit de dissertation latine ; 1er prix de dissertation française.

Au concours général (entre les élèves des collèges de Paris et de Versailles) Arvers obtint :

En 1822, en seconde, un 4e accessit de version grecque.

En 1824, comme vétéran de rhétorique, *le prix d'honneur* de discours latin et le premier prix de discours français.

En 1825, en philosophie, le premier accessit de dissertation latine.

Le nom du lauréat du prix d'honneur de 1824 avait été proclamé, en présence du duc d'Orléans, par S. Exc. le Grand-Maître de l'Université Mgr Frayssinous, évêque d'Hermopolis, entre le discours latin d'usage prononcé par M. Langlois, professeur au collège Bourbon, et l'air : « Vive Henri IV », réclamé à grands cris par les élèves. En discours français, Arvers l'avait emporté sur Alfred Nettement, du collège Saint-Barbe (2e prix des vétérans) et Désiré Nisard, du collège Charlemagne (1er prix des nouveaux). On voit donc qu'il avait eu affaire à des concurrents redoutables.

Nous avons réussi à nous procurer les textes des compositions qui valurent à Arvers un double triomphe.

Le sujet du discours latin était celui-ci : *Muretus Gallus, summi Pontificis nomine, in Basilicâ Vaticanâ Joanni Austriaco navalem ad Naupactum Victoriam gratulatur.*

Le discours français avait pour titre : *Éloge funèbre de Pertinax prononcé devant le peuple romain par Septime Sévère* (1).

Le 9 août 1825, Arvers subissait avec succès, à la Sorbonne, l'épreuve du baccalauréat ès-lettres ; il obtenait les notes suivantes dans les neuf matières de l'examen : Histoire ancienne, *très bien ;* Rhétorique, Histoire moderne, Philosophie, *bien ;* Auteurs grecs, Auteurs latins, Géographie, Physique, *assez bien* et Mathématiques, *passable.*

Les registres du secrétariat de la Faculté mentionnent, en outre, que le candidat était dispensé du droit d'examen comme ayant obtenu le prix d'honneur de Rhétorique en 1824.

(1) Voir les pièces justificatives A et B à la fin du présent volume.

L'ÉCOLE DE DROIT ET LE STAGE NOTARIAL.

Bachelier ès-lettres, prix d'honneur, et deux fois couronné au grand concours, il semble que Félix Arvers soit voué à la carrière universitaire ; les portes de l'École normale supérieure s'ouvriraient toutes grandes devant lui.

Cependant ses visées sont tout autres. Peut-être souhaitait-il d'échapper à la réclusion forcée de l'École normale ? Toujours est-il que, du 15 novembre 1825 au 12 juillet 1828, il prit successivement ses douze inscriptions de licence à l'École de droit de Paris. Quels étaient alors ses projets d'avenir ? Il en a emporté le secret dans la tombe ; nous possédons toutefois de lui le brouillon d'une lettre autographe, non datée, adressée évidemment à un haut personnage, par laquelle il sollicitait sa protection pour entrer au Conseil d'État.

En voici d'ailleurs le texte :

Monsieur,

Lorsque, il y aura bientôt trois mois, je vous adressai quelques vues sur une loi électorale, vous eûtes la bonté de me répondre que j'étais mû par un grand amour du pays. Cet éloge dont je suis fier et que j'ai la présomption de croire moralement mérité, m'a inspiré d'un autre côté un profond regret de ne pouvoir rendre des services plus efficaces. Je sens l'ambition de me faire, quand j'aurai l'âge voulu, appeler à défendre les intérêts de mes concitoyens ; mais je ne voudrais, Monsieur, entreprendre une tâche aussi honorable qu'autant que les connaissances nécessaires pour la bien remplir, corroboreraient en les dirigeant mes loyales et patriotiques intentions. C'est dans ce sentiment et avec le vif désir d'acquérir ces connaissances que je prends la liberté de m'adresser à vous pour solliciter de votre influence les fonctions d'auditeur au Conseil d'État. La sympathie qu'on éprouve toujours pour un homme que l'on respecte, qu'on estime, qu'on aime, l'obligeance de votre réponse à la lettre que je vous adressai au mois d'août, le bon accueil que vous me fîtes quand j'allai vous en remercier, m'auraient déjà procuré plusieurs fois l'honneur et le plaisir de vous revoir, si la crainte d'être importun et d'abuser de moments si précieux pour les intérêts généraux ne m'eût retenu.

Veuillez agréer l'assurance de mon profond respect et de mon entier dévouement.

Votre très humble et très obéissant serviteur.

Félix Arvers.

Malgré ses bonnes intentions, la persévérance dans ses études juridiques l'abandonna chemin faisant. Il subit avec succès le premier examen de baccalauréat en droit le 21 août 1826, le deuxième le 24 août 1827, le premier de licence le 21 août 1828 seulement. Il n'alla pas plus loin après ce dernier effort.

Il se sentait alors irrésistiblement entraîné vers la poésie ; l'une des premières pièces de *Mes Heures perdues*, à Mr VICTOR HUGO, *(sic)* remonte au mois de janvier 1828 ; il écrivait *la Saint-Barthélemy*, du même recueil, en juillet 1829, et la *Ressemblance*, destinée à un volume qui n'a jamais paru, est datée de janvier 1830.

Durant les derniers mois de 1828 et pendant toute l'année 1829, il délaissa donc l'École de droit pour la littérature et spécialement pour la poésie.

Entre temps, une soirée précédée d'un dîner avait été donnée, en 1828, par le nouveau ministre de l'instruction publique, M. de Vatimesnil, à l'occasion de la distribution des prix du concours général. Armand de Pontmartin, l'un des lauréats, figurait parmi les invités. L'éminent critique a raconté dans ses *Mémoires* que le Grand-Maître de l'Université avait eu l'attention délicate d'inviter les prix d'honneur des années précédentes : « Ces trois jeunes gens qui causent avec Berryer, — disait à Armand de Pontmartin un de ses interlocuteurs, — ce sont Drouyn de Lhuys, Cardon de Montigny et Félix Arvers. *On dit qu'il y a chez ce dernier l'étoffe d'un poète.* » Alfred de Musset assistait également à la réception ministérielle (1).

Le 1er janvier 1830, Félix Arvers, cédant sans doute aux sollicitations maternelles, espérant peut-être devenir enfin licencié s'il menait de front la théorie et la pratique du droit, entrait en qualité de sixième clerc chez M. Guyet-Desfontaines, notaire à Paris, rue du Faubourg Poissonnière, N° 6.

Deux ans après, en 1832, M. Guyet-Desfontaines mettait aux pieds de Madame veuve Chassériau, née Emma Pineu-Duval, son nom honoré et sa grande fortune.

Les devoirs de la charge dont il était titulaire depuis 1826 seulement, n'absorbaient pas exclusivement l'officier ministériel ; sans parler de la carrière parlementaire qu'il aborda en 1834 comme député de la Vendée et que la Révolution de 1848 vint seule interrompre, disons en passant que M. Guyet-Desfontaines, un peu par lui-même et beaucoup par sa femme, entra en relations suivies avec les écrivains et les artistes de cette époque.

(1) A. de Pontmartin : *Mes Mémoires*, 1re série, pages 42 à 48 ; 2 vol. g[d] in-18. Paris, Calmann-Lévy, 1885 et 1886.

Gendre du littérateur et membre de l'Institut Amaury Duval, neveu par alliance de l'académicien Alexandre Duval, beau-frère enfin du peintre Amaury Duval, le patron d'Arvers vivait dans un milieu qui répondait exactement aux aspirations poétiques et à l'esprit délicat et rêveur de son jeune clerc.

Digne épouse, excellente mère, plus tard aïeule incomparable, Madame Guyet-Desfontaines savait concilier la pratique de toutes les vertus familiales avec le commerce du monde intelligent et distingué qu'elle avait connu dans son entourage. Aux journées de Juillet 1830, c'est à sa porte qu'Alexandre Dumas alla frapper pour échapper aux troupes royales.

Si nous ouvrons le livre consacré par Madame Mennessier à la mémoire de son père Charles Nodier (1), nous y lisons que les soirées de l'Arsenal permettaient d'admirer, « au rayonnement des noms illustres, les gracieuses et splendides beautés que contenait l'écrin féminin de ce temps-là. » Et les trois premiers diamants de cet écrin sont Madame Victor Hugo, Madame

(1) *V. Charles Nodier, épisodes et souvenirs de sa vie*, par Mme Mennessier-Nodier, 1 vol. grand in-18. Paris, Didier et Cie, 1867, p. 348 et 349.

la Comtesse O'Donnel et Madame Guyet-Desfontaines.

M. et Mme Guyet-Desfontaines aimaient la comédie de société ; ils firent construire plus tard un petit théâtre dans leur belle maison de campagne de Marly-le-Roy, et ce fut Bayard, leur ami, qui composa le prologue d'inauguration.

Il faut lire, au surplus, les *Souvenirs* d'Amaury Duval, le peintre renommé, publiés en 1885 à la librairie Plon, pour être renseigné exactement sur M. et Mme Guyet-Desfontaines, sur leurs réceptions brillantes, en leur hôtel de la rue d'Anjou-Saint-Honoré, N° 36, où les sommités politiques se rencontraient avec Mme Émile de Girardin, avec Alexandre Dumas, Eugène Delacroix et tant d'autres.

Cette digression tend à établir que Félix Arvers dut trouver, dans la fréquentation des salons de son patron, des relations charmantes, mais beaucoup plus littéraires que notariales.

Mme Mennessier-Nodier, dans son livre précédemment cité, véritable monument de piété filiale, évoque le souvenir d'un déjeuner de soleil offert par le poète Ulrich Guttinguer dans son « cottage », de la rue de Courcelles et qui réunissait entr'autres convives Victor Hugo, sa femme et leur fille Léopoldine, M. et Mme Charles Nodier, M. et Mme Antoine de Latour, Félix Arvers, Alfred de Musset et Alfred Tattet, l'ami commun de ces deux poètes.

Madame Mennessier ajoute :

« La question de savoir s'il ne serait décidément pas à propos d'être tenu un peu au courant des choses de l'avenir, fut un des trente sujets de conversation effleurés pendant ces heures joyeuses. L'avenir s'est chargé d'y répondre. »

Le littérateur Roger de Beauvoir était aussi, en son temps, l'ami de notre héros, qui lui dédia son drame intitulé : *la Mort de François Ier*.

Paul Foucher et Bayard furent les premiers collaborateurs d'Arvers, et Sainte-Beuve l'une de ses connaissances de jeunesse.

Puisque nous parlons des relations d'Arvers, nous rappellerons que Maxime du Camp a esquissé le portrait d'un des commensaux du poète, le Dr Koreff, qui vint se fixer à Paris vers la fin de la Restauration, et exerça quelque influence dans la société du temps de Louis-Philippe :

Koreff avait du goût pour la bonne chère, mais il aimait surtout les dîners de garçon où l'on cause les coudes sur la table, où les paroles sont libres et les anecdotes croustilleuses. On se donnait rendez-vous à la Rotonde du Palais-Royal, entre amis, et là on décidait à quel restaurant on irait demander le pain du jour. Il n'était point sot et choisissait bien ses convives.

Lœve-Veimars, Mérimée, Beyle, les deux Musset, Eugène Delacroix, Viollet-le-Duc, Ampère, *Arvers*, Briffaut, qui est mort fou, et quelquefois même, — ne le répétez pas, — le philosophe Victor Cousin. Il y avait là un souffle d'esprit à tourner les têtes. La soirée se prolongeait en causeries que plus d'un aurait voulu entendre. Que faisait-on ensuite ? Si j'avais au doigt la plume de Mathurin Régnier, j'essayerais de le dire (1).

Le 1er mars 1836, Arvers qui, dans l'étude où il débuta comme sixième clerc, avait été plus tard inscrit comme troisième, puis comme deuxième clerc, renonçait définitivement au notariat. Cette résolution coïncidait du reste avec la cession de l'office de M. Guyet-Desfontaines. Or, son successeur, Me Poumet, notaire très distingué qui, dans sa longue et honorable carrière, fut deux fois nommé président de son importante Compagnie, n'appréciait dans ses clercs que le travail utile et l'aptitude professionnelle.

(1) Maxime du Camp, *Souvenirs littéraires*, 2 vol. in-8°. Paris, Hachette et Cie, 1882 et 1883, Tome II, p. 320 à 323.

Il n'aurait guère encouragé les essais poétiques d'Arvers, estimant qu'ils ne pouvaient marcher de front avec les études notariales. Notre héros le pressentit sans doute, et s'abandonna dès lors sans réserve à ce qu'il croyait être sa vocation exclusive.

Cette nouvelle carrière, si différente de l'ancienne, n'empêcha cependant pas le jeune transfuge d'entretenir avec M. Guyet-Desfontaines et avec la famille de celui-ci, les relations les plus amicales. Nous en fournirons la preuve dans le cours de cette étude.

LES POÉSIES D'ARVERS.

Les poésies laissées par Félix Arvers sont peu nombreuses. En dehors d'un volume, *Mes Heures perdues*, paru en 1833 (1) et contenant précisément le sonnet qui l'a rendu illustre, on connait seulement de lui : 1° Une pièce sans titre, avec cette épigraphe : « Paris, novembre 1827 » ; 2° *L'Anniversaire* (6 septembre 1828) ; 3° *La Vengeance* (septembre 1829) ; 4° *A Charles X* (août 1830) ; 5° *La Fête du Peuple* ; (ces cinq pièces publiées pour la première fois le 15 octobre 1889 dans la « Nouvelle Revue », avec interdiction de les reproduire) ; 6° *La Ressemblance* (janvier 1830) insérée dans la « Revue Rétrospective » du 15 décembre 1869, et imprimée dans l'édition de *Mes Heures perdues*, publiée en

(1) ARVERS (Félix) *Mes Heures perdues*. Paris, Fournier jeune, imprimerie de Crapelet, 1833, in-8°, couverture imprimée. Titre et faux-titre sur chine. Vignette sur le titre (cette vignette représente un papillon sur une branche dans une feuillée), 352 pages. Hauteur, 216 millimètres. Publié à 7 fr.

1876 par A. Cinqualbre (1), 7° Une épitre *à A.*, (Alfred Tattet) du 13 novembre 1832, imprimée en 1868 dans la « Nouvelle Revue de Poche » (2) et reproduite, vingt ans après, dans *Le Livre* (3) ; 8° *Déclaration*, dans la « Nouvelle Revue de Poche » du 10 septembre 1868, p. 365 à 369 ; et 9° Un *Sonnet d'Album*, écrit en 1844 au château de Prunevaux (Nièvre) (4).

Tel est, à notre connaissance, et en y ajoutant deux comédies en vers et un sonnet plus ou moins authentique, l'*Immortalité*, tout le bagage poétique de notre héros.

Il convient de remarquer que, sauf ces deux comédies, *la Déclaration* peut-être et le *Sonnet d'Album*, les vers composés par lui l'ont été avant ou pendant son stage notarial qui a duré, nous le répétons, de 1830 à 1836.

(1) Voir aux pièces justificatives l'article C, pour les variantes entre la 1re et la 2e éditions de *Mes Heures perdues*.

(2) *La Nouvelle Revue de Poche*, Paris, librairie de l'Académie des Bibliophiles ; p. 113 à 120, livraison du 23 juillet 1868.

(3) *Le Livre*, Revue du Monde littéraire ; Paris, Maison Quantin, livraison du 10 février 1888, p. 38 à 40.

(4) Ce sonnet a été publié dans la *Revue littéraire et artistique*, Paris, 8, rue de Hanôvre, livraison d'avril 1887, et dans *Le Livre* précité du 10 février 1888, p. 48.

On peut dire, à tout prendre, que le volume ayant pour titre *Mes Heures perdues* suffirait à assurer la gloire du poète, les pièces qui n'appartiennent pas à ce recueil étant plus curieuses par leur rareté que par leur mérite.

Toutefois, indépendamment de la pièce de vers adressée *à A....* et que l'on trouvera plus loin, nous reproduisons la *Déclaration*, que nos lecteurs auraient quelque peine à découvrir, la « Nouvelle Revue de poche » étant devenue fort rare.

DÉCLARATION

Jeune femme aux yeux noirs, étourdie, inconstante,
Entre mille pensers indécise et flottante,
Qui veux et ne veux pas, et bientôt ne sais plus
Où prendre ni fixer tes vœux irrésolus,
Qui n'aimes point le mal et pourtant ne peux faire
Un seul pas vers le bien que ton âme préfère,
Insouciante, et vas livrant chaque matin
Tes projets au hasard et ta vie au destin,
Sais-tu pourquoi je t'aime, et quelle main cachée
Retient mon âme au char (*) où tu l'as attachée,
Pourquoi je me plais tant dans tes bras, et ressens
Quelque chose de plus que l'ivresse des sens ?
C'est qu'il est, vois-tu bien, certaines destinées
Par des liens secrets l'une à l'autre enchaînées ;
C'est qu'il peut arriver, parfois, que deux esprits
Se soient du premier coup reconnus et compris ;

(*) Vieux style (Note d'Arvers).

Une triste clarté, de longs regrets suivie,
De ses illusions a dépouillé ma vie ;
Elle a flétri ma joie, et n'a plus rien laissé
Dans le fond de mon cœur profondément blessé ;
Et toi, ton âme aussi, triste et désenchantée
De ces prestiges vains qui l'avaient trop flattée,
A reconnu leur vide et va bientôt finir
Ces rêves dissipés pour ne plus revenir.
C'est ce que j'aime en toi, c'est cette connaissance
Des misères de l'homme et de son impuissance ;
C'est ce bizarre aspect d'une femme à vingt ans
Dont la raison précoce a devancé le temps,
Que rien ne touche plus, et qui, jeune et jolie,
Ne croit pas à l'amour et sait comme on oublie,
C'est ce qui me ravit, m'enchante, et sur tes pas
Me retient malgré moi, car enfin n'est-ce pas
Quelque chose de neuf que de nous voir ensemble,
Vieillards prématurés qu'un même esprit rassemble,
Avec ces cheveux noirs, avec ce jeune front
Qui des ans destructeurs n'a pas subi l'affront,
Discourir gravement des choses de la vie,
Railler, d'un rire amer, ces plaisirs qu'on envie,
Oublier le présent, ne pas nous souvenir
Que nous sommes tout seuls et parler d'avenir ?
C'est ce qui m'a frappé, moi, c'est ce caractère
Sérieux à la fois et léger, ce mystère
D'une humeur si mobile et d'un cœur si changeant,
De désirs en désirs sans cesse voltigeant.
Je t'aime, si fantasque et si capricieuse ;
Bonne femme d'ailleurs, point avaricieuse,
Au contraire prodigue, et jetant sans regrets
Son or, quand elle en a, sauf à compter après.

Que dirai-je en un mot ? C'est parce que je trouve
Je ne sais quoi d'étrange au plaisir que j'éprouve,
Que tu lis dans mon âme et que ton cœur m'entend ;
Qu'enfin tu n'aimes rien, que moi je t'aime tant !

Nous arrivons maintenant au volume de poésies, *Mes Heures perdues*, publié en 1833 et non en 1831, comme Blaze de Bury l'avait indiqué par erreur dans la *Revue des Deux-Mondes* du 1er février 1883. Le lecteur nous permettra de le renvoyer à l'analyse magistrale que le célèbre critique a faite de ce volume dans l'article en question. La première édition de *Mes Heures perdues* contient une curieuse préface en vers *A mon livre*, avril 1833 ; quinze pièces détachées : *Le Poète* ; à *M. Victor Hugo* (janvier 1828) ; *la Première Passion ; à M. A. de M.* (Alfred de Musset), 25 février 1833 ; *Bury*, à Mme F. T., le *Commencement de l'année*, 1er janvier 1833 ; *Sonnet pour mon ami R**** ; SONNET IMITÉ DE L'ITALIEN ; *Ce qui peut arriver à tout le monde*, novembre 1830 ; *A**** ; *la Pauvreté ; à Madame **** ; *la Saint-Barthélemy*, juillet 1829 ; — *A Gianetta* ; *la Vie*.

Ce même volume contient un drame remarquable (juin 1831) dédié à E. Roger de Beauvoir, *la Mort de François Ier*, qui ne pourrait être joué que sur le Théâtre-Libre, en raison de son sujet et des détails qu'il contient, et une piquante et spirituelle comédie ; *Plus de peur que de mal* (juillet 1833) qui, nous en ignorons la cause, n'a pas affronté davantage le feu de la rampe. Les poésies ci-dessus dont la date n'est pas indiquée, n'en portent aucune dans l'édition originale de *Mes Heures perdues.*

Quatre sonnets figurent dans l'œuvre poétique de notre héros.

Le premier, *Sonnet pour mon ami R...*, était peut-être dédié à M. Rousset, avocat à Paris, aujourd'hui décédé depuis longtemps, auquel Arvers laissa, à titre de souvenir, les manuscrits poétiques qu'il avait en portefeuille. Ce sonnet, bien digne assurément d'être conservé dans la mémoire des lettrés, est ainsi conçu :

J'avais toujours rêvé le bonheur en ménage
Comme un port où le cœur, trop longtemps agité,
Vient trouver à la fin d'un long pélerinage
Un dernier jour de calme et de sérénité.

Une femme modeste, à peu prés de mon âge
Et deux petits enfants jouant à mon côté,
Un cercle peu nombreux d'amis du voisinage
Et de joyeux propos dans les beaux soirs d'été.

J'abandonnais l'amour à la jeunesse ardente,
Je voulais une amie, une âme confidente
Où cacher mes chagrins qu'elle seule aurait lus.

Le ciel m'a donné plus que je n'osais prétendre ;
L'amitié par le temps a pris un nom plus tendre
Et l'amour arriva qu'on ne l'attendait plus.

Ce rêve du poète, son ami R.... l'a peut-être réalisé. Arvers ne devait jamais l'atteindre. Il était voué au célibat jusqu'à sa mort, et ceux qui ont cru découvrir une sorte d'autobiographie dans ce sonnet, se sont absolument trompés.

Quant au célèbre sonnet *imité de l'Italien*, il a son histoire et il a excité bien des curiosités. Est-il, en réalité, imité d'un poète transalpin ? Sinon, quelle aimable personne l'a inspiré ? Nous allons essayer, après tant d'autres, de résoudre ce problème.

En 1886, au Palais de Compiègne, dont il était le bibliothécaire et où nous lui rendions visite, M. Jules Troubat qui fut, on le sait, l'un des secrétaires de Sainte-Beuve, nous disait avoir entendu le célèbre académicien affirmer que le sonnet d'Arvers était bien réellement imité de l'italien ; en revanche, Sainte-Beuve n'a jamais fourni à son secrétaire la preuve de cette assertion, ni indiqué la source étrangère à laquelle le poète français aurait puisé son inspiration.

L'auteur des *Nouveaux Lundis* (1) a écrit simplement sur ce sujet les lignes suivantes, qui ne résolvent rien :

Un dernier souvenir à l'un de nos anciens amis ou du moins à l'une de nos connaissances de jeunesse. Félix Arvers, qui n'a pas toujours visé très haut dans l'art, qui n'a pas réalisé toutes les espérances qu'avaient fait naître ses brillants débuts, ses succès universitaires, qui s'est un peu dépensé dans les petits théâtres et dans les plaisirs, a eu dans sa vie une bonne fortune ; il a éprouvé une fois un sentiment vrai, délicat, profond, et il l'a exprimé dans un sonnet adorable. Ce n'est pas un de ces sonnets savants, fortement pensés, habilement ciselés, comme Soulary sait les faire, c'est un sonnet tendre et chaste, un souffle de Pétrarque y a passé. Si Arvers a beaucoup péché, il lui sera beaucoup pardonné pour ce sonnet-là.

Il y a soixante-quatre ans que le volume de *Mes Heures perdues* a été publié et nous sommes certain que, par ce temps de minutie et de recherches littéraires, quelque polyglotte nous aurait déjà révélé le sonnet italien original, s'il avait existé autre part que dans l'imagination d'Arvers.

Mais à quelle héroïne dédiait-il ses vers ?

(1) *Nouveaux lundis*, par C. A. Sainte-Beuve. Paris, Michel Lévy frères, 1865, in-12, tome III, p., 350 et 351.

Ouvrons l'année 1874, tome VII, *de l'Intermédiaire des chercheurs et curieux*, nous y trouvons ces diverses indications :

Col. 125. — *M.* (ou peut-être *Mme*) *R.* de *A.* désire connaître *l'inconnue* à qui ce célèbre et charmant sonnet a dû être adressé et, à ce sujet, il (ou elle) cite les deux *inconnues* de Mérimée et de Sainte-Beuve. Mais c'étaient des correspondances suivies, et non pas *un* sonnet, que chacun de ces messieurs adressait à sa belle *inconnue*. Dès lors ce devait être une personne *palpable*, — soit dit sans aucune intention de jeu de mots, — tandis qu'un sonnet isolé, d'un poète inspiré, peut bien n'être qu'une composition accidentelle, un fruit de l'imagination dédié à une femme impersonnelle, à une *Chloris* idéale. J. NOTBRUN.

— Naturellement, cette question a souvent intrigué les admirateurs anciens et récents de ce beau sonnet « qui vaut un long poème. » On crut savoir, dans un certain cercle d'intimes, (et l'on tint pour *mystérieusement* avéré) que l'héroïne *secrète* était Mme Victor Hugo. (N'en sut-elle jamais rien ?...) On peut risquer de lever maintenant ce voile, on peut oser prononcer aujourd'hui ce nom, puisque c'est de l'histoire ancienne — poète et héroïne reposant tous deux « sous le saule », — et alors surtout que ces doux vers « tout remplis d'*elle* », honorent également la mémoire de l'un et de l'autre... S. D.

Col. 181. — Il me semble un peu *roide* de répondre à la question, en nommant une femme dont la famille existe encore. En pareils cas, le silence est d'or, car on peut facilement commettre une erreur. Il ne faut pas d'ailleurs oublier que, dans son volume : *Mes Heures perdues*, publié en 1833, Arvers a eu soin d'écrire au-dessous du fameux sonnet : *Imité de l'italien*, ce qui excluait toute pensée d'allusion directe. G. VERCEIL.

— L'inconnue ne serait-elle pas plutôt la fille de Charles Nodier, Mme Mennessier ? Je l'ai entendu dire, comme de source certaine. Pour détourner la pensée des lecteurs, Félix Arvers aurait indiqué que son sonnet était une imitation de l'italien. M. G. A.

Col. 471. — Lorsque Charles Nodier était bibliothécaire de l'Arsenal, il réunissait à ses soirées fameuses sous le nom de *Soirées de l'Arsenal*, un certain nombre d'amis, qui étaient pour la plupart l'élite des littérateurs de l'époque, tels que Hugo, Musset, Gautier, M. de Fontaney, un diplomate doublé d'un poète distingué, et Arvers.

Ce dernier était amoureux de Mlle Marie Nodier (depuis Mme Mennessier), mais plus timide que les autres n'osait « déclarer sa flamme ». Dans les poésies de Musset, il en est qui sont adressées à Mlle Marie N..., c'était Mlle Nodier. A cette époque la *scie* de l'album existait déjà.

Mlle Nodier priait chaque invité de son père d'écrire quelques lignes sur le sien, et c'est là qu'Arvers écrivit son fameux sonnet que « cette femme » ne comprit pas. Était-il impromptu ? C'est ce que n'a pu m'affirmer la personne de qui je tiens ces renseignements exacts. R. L. H.

Serrons la question de plus près encore et évoquons à la fois le précieux témoignage et l'émouvant souvenir de l'excellent et à jamais regretté chroniqueur de la *Gazette de France*, Dancourt (Adolphe Racot.)

Dans les premiers jours du mois d avril 1886, il rendait visite, à Fontenay-aux-Roses, à Mme Marie Mennessier-Nodier, retirée là avec une partie de sa famille. Le 6 mai suivant, Adolphe Racot nous écrivait une longue et très intéressante lettre, dont nous détachons ces passages :

Malgré son âge, Mme Mennessier est active, sans la moindre infirmité et on ne lui donnerait pas plus de cinquante ans. Elle a beaucoup d'esprit et tous ses souvenirs présents.

Quand je suis entré dans le petit salon au rez-de-chaussée, j'ai été frappé et ému. Dans ces six à huit mètres carrés tient tout ce qui reste de l'Arsenal ; un grand portrait de Nodier, peinture d'un Guérin ; un autre également grandeur nature, de Marie Mennessier, par Amaury Duval, resté ami intime jusqu'à sa mort toute récente ; une petite vue peinte de Saint-Point où elle accompagna son père et sa mère dans le voyage avec M. et Mme Hugo ; deux jolies esquisses d'anges, par Amaury Duval, d'après les têtes des deux filles ; une grande photographie de Mme Hugo ; un joli Bonington original ; enfin sur la cheminée le buste en terre cuite de Sébastien Nodier, l'aïeul.

Mme Mennessier possède un album du temps où elle était jeune fille ; j'y ai trouvé, parmi des poésies signées de tous les poètes illustres de l'époque, *le sonnet autographe et signé d'Arvers.*

Je vous en envoie une copie exacte et minutieuse, ponctuation et majuscules initiales. *Vous y verrez les changements qu'Arvers y apporta dans l'édition imprimée.*

Voici maintenant la reproduction fidèle de cette précieuse copie :

Mon âme a son secret, ma vie a son mystère.
Un amour éternel en un moment conçu :
Le mal est sans espoir, aussi j'ai dû le taire,
Et celle qui l'a fait n'en a jamais rien su.

Hélas ! j'aurai passé près d'elle inaperçu,
Toujours à ses côtés et *toujours* solitaire ;
Et j'aurai jusqu'au bout fait mon tems (*sic*) sur la terre,
N'osant rien demander, et n'ayant rien reçu.

Pour elle, quoique Dieu l'ait faite *bonne* et tendre
Elle ira son chemin, distraite, et sans entendre
Ce murmure d'amour élevé sur ses pas ;

A l'austère devoir pieusement fidèle
Elle dira, lisant ces vers tout remplis d'elle,
« Quelle est donc cette femme ? » et ne comprendra pas.

FÉLIX ARVERS.

Trois variantes se remarquent entre le sonnet autographe et celui imprimé dans les éditions de 1833 et de 1878 de *Mes Heures perdues* :

1° Le titre : « Sonnet imité de l'italien » n'existe que dans le texte imprimé, il ne figure pas sur l'album ; nous avons surabondamment contrôlé sur ce point l'indication même d'Adolphe Racot.

2° Au deuxième vers du deuxième quatrain, « et *toujours* solitaire » du manuscrit est remplacé dans l'imprimé par « et *pourtant* solitaire. »

3° Enfin, au premier vers du premier tercet « *bonne* et tendre » du manuscrit est devenu « *douce* et tendre » dans le texte imprimé.

Pour en revenir à l'héroïne présumée du sonnet imité de l'italien, une personne digne de toute créance, qui a été l'un des témoins de la vie de Mme Marie Mennessier-Nodier, a bien voulu nous redire une confidence que *l'éditeur Hetzel lui avait faite comme la tenant d'Arvers lui-même,* c'est que le poète, en composant son fameux sonnet, avait pensé à Marie Nodier.

Or, c'est précisément sur l'album de celle-ci qu'il l'a écrit entièrement et signé de sa main.

A notre sens, la date de ce sonnet doit être placée entre le 17 février 1830, jour du mariage de M. et Mme Mennessier-Nodier (1) et la seconde moitié de l'année 1833, époque de la publication de *Mes Heures perdues*. La dame était mariée ; les expressions : *le mal est sans espoir*, *à l'austère devoir pieusement fidèle*, et surtout *quelle est donc cette femme ?* l'indiquent suffisamment. D'un autre côté, les épithètes de *douce et tendre* de l'imprimé, préférables à celles de « bonne et tendre » du manuscrit, font supposer que les vers de l'album ont précédé ceux insérés dans *Mes Heures perdues*. Arvers aura voulu dérouter les recherches et dépister la curiosité en introduisant dans l'imprimé la mention *imité de l'italien*, qui, nous le répétons, ne se rencontre pas dans le manuscrit.

La question de savoir si le sonnet d'Arvers serait ou non traduit d'une pièce italienne a été posée par M. Hervé de Marsins dans le *Figaro* du 4 juin 1892, et M. Paul Masson a répondu le 2 juillet suivant, dans le supplément littéraire du même journal, en émettant d'abord l'avis que Mademoiselle Marie Nodier, devenue plus tard Madame Mennessier, avait dû inspirer le poète et que la mention « Imité de l'Italien » était seulement destinée à dérouter les soupçons.

(1) Voir *le Curieux*, par Charles Nauroy, nº 33, octobre 1886.

Et M. Masson ajoute :

Le *Giornale degli eruditi* publia, il est vrai, en 1883, un sonnet italien prétendument trouvé dans un vieux portefeuille :

Un segreto ho nel core, ed un mistero
Ha la mia vita : di repente preso
Io fui d'amor ; taccio, perchè dispero
Nè 'l sa colei ch'ha tanto foco acceso.

Sempre a suo fianco, e pur pel mio sentiero
Io men vo solitario e non compreso,
Moiiro senza dirle il mio pensiero
Senza un suo sguardo si gran tempo atteso.

Ella, benchè si tenera di core
Andrà per la sua via senza avvedersi
Di questo lungo marmorio di amore

Che le tien dietro. Austera e pia fanciulla
Ella dirà, leggendo questi versi :
« Per chi son essi ? » nè saprà mai nulla.

On avouera que si ces lignes avaient servi de modèle à Arvers, elles auraient été plus qu'imitées, car elles sont le calque aussi fidèle que possible de son sonnet. Il est plus honorable pour lui, beaucoup plus vraisemblable, disons mieux, absolument certain qu'elles ont été traduites d'après l'original français. Si pourtant on veut à tout prix dénicher dans la littérature italienne quelque chose d'analogue au sujet traité par Arvers, on le trouvera dans le passage suivant de la *Jérusalem délivrée* du Tasse (chant II, strophe 16), qui, je le crois bien cette fois, aura servi de thème, de point de départ à son inspiration. Il s'agit des amours d'Olinde et de Sophronie :

. . . Ei che modesto è si com'essa è bella,
Brama assai, poco spera et nulla chiede,
Né sa scoprirsi, o non ardisce ; ed ella
O lo sprezza, o nol vede, o non s'avvede,
Cosi finora il misero ha servito,
O non visto, o mal noto, o mal gradito.

[Aussi modeste amant que sa maitresse est belle, il désire beaucoup, espère peu et ne demande rien ; il ne sait ou n'ose découvrir sa flamme. Elle, de son côté, ne le voit point, ou ne distingue point ses feux, ou les dédaigne. Ainsi l'a servie jusque-là le malheureux inaperçu, ou mal connu, ou dédaigné.]

L'analogie, on le voit, est frappante, mais elle n'enlève rien au mérite de notre poète qui a su rester original et touchant, malgré sa réminiscence dont il a eu, ne l'oublions pas, la franchise de nous prévenir. D'ailleurs ne pourrait-on pas, pour rassurer son ombre, si elle était tentée de s'excuser auprès de celle de Torquato, lui répéter ces mots que Musset adressait précisément à la même Mme Mennessier, qui avait mis en musique quelques vers de lui :

.... Il est heureux celui dont la pensée,
Qu'elle fût de plaisir, de douleur ou d'amour,
A pu servir de sœur à la vôtre un seul jour,
Son âme dans votre âme un instant est passée.

Le chef-d'œuvre du poète a inspiré à M. Marc Sonal un monologue : *Le sonnet d'Arvers*, dit par Mademoiselle Mario et édité en une plaquette de 11 pages in-18 par la maison Tresse, en 1884.

D'un autre côté, un vieil ami de Madame Mennessier-Nodier, M. Louis Aigoin, a envoyé à M. Adolphe Brisson un sonnet, construit sur les mêmes rimes que le sonnet d'Arvers et que le *Figaro* du cinq octobre 1896 a reproduit :

Ami, pourquoi nous dire, avec tant de mystère,
Que l'amour éternel en vôtre âme conçu
Est un mal sans espoir, un secret qu'il faut taire,
Et comment supposer qu'Elle n'en ait rien su ?

Non, vous ne pouviez point passer inaperçu,
Et vous n'auriez pas dû vous croire solitaire.
Parfois les plus aimés font leur temps sur la terre,
N'osant rien demander et n'ayant rien reçu.

Pourtant Dieu mit en nous un cœur sensible et tendre.
Toutes, dans le chemin, nous trouvons doux d'entendre
Le murmure d'amour élevé sur nos pas.

Celle qui veut rester à son devoir fidèle
S'est émue en lisant vos vers tout remplis d'elle :
Elle avait bien compris... mais ne le disait pas.

Dans le même ordre d'idées, Mme C. Gay, née Cécile Coquerel, répondait au sonnet d'Arvers, par un sonnet qui se trouve imprimé dans un recueil de vers de cette dame, intitulé *Matin et Soir* ; cette réponse a été ensuite gravée par les soins de Mlle Casalonga qui l'a mise en musique.

Voici cette réponse : (1)

Es-tu bien sûr, ami, qu'elle n'ait pu l'entendre,
Ce murmure d'amour élevé sur ses pas ?
Une femme, crois-moi, sait toujours le comprendre,
Ce langage muet qui se parle tout bas.

Si Dieu l'avait créée à la fois douce et tendre,
Elle a dû se livrer de douloureux combats,
Et tenir à deux mains son cœur pour le défendre
Contre un amour si vrai qu'il ne se trahit pas.

A l'austère devoir pieusement fidèle,
Sa vertu la plus haute était peut-être celle
De paraître insensible et distraite à ta voix.

Penses-tu seul avoir un secret dans ton âme ?
Il est sur cette terre, ami, plus d'une femme
Qui garde un front serein tout en traînant sa croix !

(1) Voir le journal *le Gaulois* du 12 novembre 1896.

Voici enfin une autre réponse au sonnet d'Arvers communiquée encore par M. Louis Aigoin et insérée dans la Revue Biblio-Iconographique. (Répertoire des Ventes, rédigée par Pierre Dauze, 4e année, 2e série, Tome II, n° 2, du 24 octobre 1896 ; Paris, 9, rue du faubourg Poissonnière.)

Cette fois c'est la *femme fin de siècle*, qui donne la réplique au poète romantique en employant les rimes de celui-ci :

Mon cher, vous m'amusez quand vous faites mystère
De votre immense amour en un moment conçu.
Vous êtes bien naïf d'avoir voulu le taire :
Avant qu'il ne fût né, je crois que je l'ai su.

Pouviez-vous, m'adorant, passer inaperçu
Et, vivant près de moi, vous sentir solitaire ?
De vous il dépendait d'être heureux sur la terre ;
Il fallait demander, et vous auriez reçu.

Apprenez qu'une femme, au cœur épris et tendre,
Souffre de suivre ainsi son chemin sans entendre
L'aveu qu'elle espérait trouver à chaque pas,

Forcément au devoir on reste alors fidèle.
J'ai compris, vous voyez, « *ces vers tout remplis d'elle* » ;
C'est vous, mon pauvre ami, qui ne compreniez pas !

Le sonnet d'Arvers « Mon âme a son secret, etc., » a été mis en musique par : 1° Ch. M. Widor ; Paris, J. Hamelle, boulevard Malesherbes,

22 ; 2° Bizet, Paris, Choudens, père et fils, rue Saint-Honoré, 265 ; 3° Emile Pessard ; Alphonse Leduc, 3, rue de Grammont ; 4° J. Faure ; Paris, au Ménestrel, 2 *bis*, rue Vivienne, Heugel et fils ; 5° Martial Caillebotte, *Scènes et Mélodies pour piano et chant ;* Paris, G. Hartmann, p. 23 à 28 ; 6° Darcier, le chanteur-compositeur, l'a également mis en musique, mais nous ignorons si sa mélodie a été publiée.

Voici maintenant la brève histoire et le texte du troisième sonnet de Félix Arvers.

Il était lié d'amitié avec un littérateur qui était en même temps un poète, Ernest Lafond, frère de M. Narcisse Lafond (qui fut député de la Nièvre et pair de France), et fils de M. Etienne Lafond, marchand de vins à Paris comme l'avait été M. Arvers père. Ernest Lafond, qui mourut en 1880, a publié notamment des *Poèmes et sonnets de W. Shakespeare, traduits en vers*, une *Etude sur la Vie et les Œuvres de Lope de Vega* et une poésie *la Mort et l'Amour*, qui fut l'une de ses compositions dernières. Ernest Lafond était propriétaire du château de Prunevaux, (Nièvre), château qui, depuis sa mort, a été vendu à des étrangers. Arvers y fut reçu en 1844 et il y écrivit et signa de sa main, dans un album aujourd'hui en la possession de Mme M. Gibert, fille d'Ernest Lafond, le sonnet suivant que la *Revue littéraire et artistique* (1) reproduisait dans sa livraison d'avril 1887 :

Dans des vers immortels que vous savez sans doute,
Dante, acceptant d'un prince et le toit et l'appui,
Des chagrins de l'exil abreuvé goutte à goutte,
Nous a montré son cœur tout plein d'un sombre ennui ;

Et combien est amer pour celui qui le goûte,
Le pain de l'étranger, et tout ce qu'il en coûte
De monter et descendre à l'escalier d'autrui...
Moi, qui ne le vaux pas, j'ai trouvé mieux que lui.

Ici, malgré ces vers de funèbre présage,
J'ai trouvé le pain bon et meilleur le visage,
Et l'opulent bien-être et les plaisirs permis.

C'est que Dante, égaré dans des sphères trop hautes,
Avait un protecteur et que moi, j'ai des hôtes,
C'est qu'il avait un maître et que j'ai des amis.

FÉLIX ARVERS.

Château de Prunevaux (Nièvre), 1844.

Un quatrième sonnet, signé F. ARVERS, a été imprimé dans la *Revue suisse* du 1er novembre 1860 et reproduit dans *l'Intermédiaire des chercheurs et curieux* du 25 novembre 1889, colonne

(1) La *Revue littéraire et artistique* ; Paris, 8, rue de Hanôvre, Directeur : Jean Berge ; Rédacteur en chef : Charles Furster.

678. En voici le texte qui ne figure pas dans ses œuvres :

L'IMMORTALITÉ

La mort vient dégager de la vile matière
Notre esprit, souffle pur de la Divinité,
Et l'ombre des tombeaux nous cache une lumière
Dont nos yeux ne pourraient soutenir la clarté.

La mort vient délivrer notre âme prisonnière
Et lui faire connaitre enfin la liberté,
Nous mourons, c'est la vie ; et notre heure dernière
Est le premier moment de l'Immortalité.

Ah ! ne redoutons pas de tomber dans l'abîme
Où parait s'engloutir à jamais l'être humain,
Le trépas nous promet l'éternel lendemain ;

Et par un privilège éclatant et sublime,
Quand il meurt ici-bas, l'homme naît dans le ciel,
Car Dieu le fait mourir pour le rendre immortel.

F. ARVERS.

Ce sonnet est-il bien réellement de notre héros ? C'est ce dont nous n'avons pu acquérir la preuve. En général on prête volontiers aux riches. Il est même entendu que l'on ne prête guère qu'à eux.

Avant de laisser là les poésies d'Arvers pour examiner son théâtre, revenons, comme nous l'avons promis, à la pièce de vers déjà signalée et qu'il adressait e 13 novembre 1832, probablement à Alfred Tattet, qui fut son ami intime et celui d'Alfred de Musset. Le poète dont il est question dans ces vers doit être Alfred de Musset.

On lit à ce sujet dans la *Nouvelle Revue de Poche* du 23 juillet 1868 :

M. Tattet, grand ami d'Arvers primitivement, avait, paraît-il, un peu abandonné ce premier pour se rapprocher de Musset, connaissance plus nouvelle.

Arvers en éprouva un peu de dépit ; plus frappé toutefois dans son amitié que dans son amour-propre littéraire, il essaya de ramener la brebis égarée. Non seulement il y réussit, mais il fit mieux : il devint bientôt après, lui-même, un des amis de Musset, et c'est à ce rapprochement des trois amis, sans doute, que le morceau que nous allons citer dut de ne pas paraître dans les *Heures perdues*, à l'impression desquelles il est antérieur.

Notons en passant que ce morceau est indiqué comme inédit dans la *Nouvelle Revue de Poche* du 23 juillet 1868, et signalé dans le numéro du 10 octobre 1887 de *l'Intermédiaire des chercheurs et curieux*.

I.

A....., j'ai vu des jours où nous vivions en frères,
Servant les mêmes Dieux aux autels littéraires ;
Le ciel n'avait formé qu'une âme pour deux corps ;

Beaux jours d'épanchement, d'amour et d'harmonie
Où ma voix à la tienne incessamment unie
Allait se perdre au ciel en de divins accords.

Qui des deux a changé ? Pourquoi dans la carrière
L'un court-il en avant, laissant l'autre en arrière ?
Lequel des deux soldats a déserté les rangs ?
Pourquoi ces deux vaisseaux qui naviguaient ensemble
Désespérant déjà d'un port qui les rassemble,
Vont-ils chercher si loin des bords si différents ?

C'est la loi d'ici-bas : quand tout change et tout passe,
Quand chaque son qui fuit, en traversant l'espace,
Semble une voix d'ami qui murmure un adieu ;
Quand sur nous, sans pitié, déployant ses ravages,
Le temps roule sans fin dans un lit sans rivages,
Pour ne se reposer que dans le sein de Dieu,

Tu veux que notre cœur, chétive créature,
Seul exempt ici-bas des lois de la nature,
Qui détruit son ouvrage et le pousse au trépas,
Immuable lui seul et lui seul sédentaire,
Debout sur les débris, puisse voir sur la terre
Toute chose changer et qu'il ne change pas !

Non, non ; je n'ai jamais, divine poésie,
Profané ton autel par une apostasie ;
J'ai tenu devant tous ton culte pour sacré ;
A ton temple nouveau j'ai déposé ma pierre
Et jamais cette voix n'en vint, comme saint Pierre,
A renier le Dieu qu'elle avait adoré.

Je n'ai pas dévoué mon maître aux gémonies,
Je n'ai pas abreuvé de fiel et d'avanies
L'idole où mes genoux s'usaient à se plier ;
Je n'ai point du passé répudié la trace,
J'y suis resté fidèle et n'ai point, comme Horace,
Au milieu du combat jeté mon bouclier.

Non, c'est toi qui changeas. Un nom qui se révèle
T'éblouit des rayons de sa gloire nouvelle,
Tu vois dans le bourgeon le fruit qui doit mûrir :
Mécène du Virgile et Saint Jean du Messie,
Tu répands en tous lieux la sainte prophétie,
Tu sèmes sa parole et tu la fais fleurir.

II.

Moi, je suis ainsi fait : au rang des plus grands crimes
Je mets le fantastique et les mauvaises rimes :
La rime est un écho qui se perd sans effet
S'il ne sait recueillir la voix à sa naissance,
C'est un instrument faux et j'appelle impuissance
Le dédain orgueilleux que certains en ont fait.

Je ne suis pas de ceux qui croient que la pensée,
Dans un cadre grossier bien ou mal enchâssée,
Puisse assez resplendir de sa propre beauté.
Beaucoup en cette erreur sont tombés dans notre âge.
Je veux qu'un grand dessein, éclairant tout l'ouvrage,
Imprime à chaque vers la vie et l'unité.

Je ne suis pas de ceux qui vont dans les orgies
S'inspirer aux lueurs des blafardes bougies,
Qui, dans l'air obscurci par les vapeurs du vin,

Tentent de ranimer leur muse exténuée,
Comme un vieillard flétri qu'une prostituée
Sous ses baisers impurs veut réchauffer en vain.

Je crois que le génie est un fils du mystère,
Qui veut être lavé des fanges de la terre
Pour marcher dans sa force et dans sa liberté ;
Je crois qu'un vase infect en souillerait la flamme,
Que, pour l'œuvre divin, le corps ainsi que l'âme,
A besoin de pudeur et de virginité.

C'est ainsi que j'entends l'œuvre de poésie :
Chacun de nous s'est fait l'art à sa fantaisie,
Chacun de nous l'a vu d'un différent côté.
Prisme aux mille couleurs, chaque œil en saisit une
Suivant le point divers où l'a mis la fortune :
Dieu lui seul peut tout voir dans son immensité.

Conserve ta croyance et respecte la nôtre,
Apôtre dévoué de la gloire d'un autre ;
Fais-toi du nouveau Dieu confesseur et martyr.
Ne crois pas que mon cœur cède comme une argile,
Ni que ta voix, prêchant le nouvel Evangile,
Si chaude qu'elle soit, puisse me convertir.

Adieu. Garde ta foi, garde ton opulence,
Laisse-moi recueillir mon cœur dans le silence,
Laisse-moi consumer ma vie comme un reclus ;
Pardonne cependant à cette rêverie,
C'est le chant d'un proscrit en quittant la patrie,
C'est la voix d'un ami que tu n'entendras plus.

L'ŒUVRE DRAMATIQUE D'ARVERS.

EN ATTENDANT

M. Guyet-Desfontaines avait trouvé tout naturel que son jeune clerc publiât un volume de poésies, digne couronnement de ses triomphes universitaires ; mais qu'il figurât en nom parmi les auteurs d'une comédie-vaudeville, la chose était moins facile.

Le 30 novembre 1835, trois mois exactement avant la cessation de son stage, Arvers faisait représenter sur le théâtre du Gymnase Dramatique, en société avec Bayard et Paul Foucher, *En attendant* (1), comédie-vaudeville en deux actes, mais les noms seuls de ses deux collaborateurs furent relevés par la critique. Suivant le *Catalogue général de la Librairie française au XIX*[e] *siècle*, par Paul Chéron, Paris, Jannet, 1856, cette pièce imprimée, en 1836, par J. R. Mevrel, passage du Caire, 54, avec les noms de MM. Bayard, F. Arvers et P. Foucher, parut à

(1) V. *le Voleur* du 5, *le Constitutionnel* et *les Débats* du 7, *le National* du 15 décembre 1835.

la librairie Marchand en 1837, dans le format in-8°, à deux colonnes. Elle est mentionnée comme publiée en 1835, chez Marchand, dans le Répertoire général du Théâtre de J F. Bayard, mais elle n'a pas été reproduite dans ce théâtre, édité par la librairie Hachette de 1855 à 1858.

Loué sans réserve par Jules Janin dans *les Débats*, avec quelques restrictions dans *le National*, *En attendant* fut durement traité par le critique dramatique du *Constitutionnel*.

Madame Vsannaz y remplissait le rôle peu sympathique et peu moral d'une mère qui, pour arracher son fils à tous les désordres et à la passion du jeu, l'aide à séduire une jeune femme mal mariée, puis regrette cette chaîne qui empêche l'établissement de son fils. Elle va réussir à la briser, quand la mort inattendue du mari amène un dénouement satisfaisant pour tout le monde. Madame Allan-Despréaux, dans le rôle d'Eugénie Launay, la jeune femme séduite, faisait verser bien des larmes.

Deux Maîtresses

Le 15 mars 1836, quinze jours après sa rupture avec le notariat, Félix Arvers donnait au théâtre du Vaudeville, et cette fois sans collaborateurs, une comédie-vaudeville en un acte,

Deux Maîtresses (1), qui parut la même année dans le format in-8° à la librairie J. N. Barba.

L'auteur avait porté au théâtre cette question assez scabreuse : un jeune homme dépense-t-il plus de temps et d'argent près d'une grisette qu'avec une femme du monde ? Et sa conclusion était celle-ci : laissez les grandes dames, aimez les modistes !

Cette fois la presse s'accorda à trouver la pièce du jeune auteur adroite, spirituelle, gaie, bien faite et vivement écrite. Il faut dire en passant que les interprètes, Brindeau, Hypolite *(sic)*, Bardou et Mlle Suzanne Brohan contribuèrent singulièrement à son succès.

« Lauréat de l'Université, — écrivait Jules Janin, — j'ai bien peur que ce beau titre, qui a été notre envie à tous, ne nuise un jour à l'élection académique de M. Félix Arvers, quand ses vaudevilles (puissent-ils être nombreux !) l'auront porté à l'Institut. »

Une représentation des *Deux Maîtresses* a eu lieu au théâtre Saint-Antoine en 1839 au bénéfice d'un artiste de ce théâtre ; une autorisation autographe d'Arvers dont nous sommes posses-

(1) V. *les Débats* et *le National* du 21, *le Constitutionnel* du 24, *le Voleur* du 25, et *le Moniteur* du 27 mars 1836.

seur, faisait profiter le bénéficiaire des droits dus à l'auteur. Cette autorisation est ainsi conçue :

J'autorise M. Edmond, artiste du Théâtre Saint-Antoine, à toucher de M. Guyot les droits d'auteur qui me sont dus pour la représentation de la pièce des *Deux Maîtresses* donnée sur ledit Théâtre St-Antoine le 13 avril courant au bénéfice dudit Sr Edmond Et ce sous la déduction des 1 1/2 p. °/o dus à M. Guyot pour ses frais de perception et fonds commun, lesquels sont à la charge de M. Edmond.

Paris, le 23 avril 1839.

F. Arvers.

L'existence d'un vaudevilliste offre des écueils que notre héros, paraît-il, ne réussit guère à éviter.

Une respectable parente d'Arvers, qui l'avait beaucoup connu dans sa jeunesse, écrivait un jour de Nantes à son sujet :

« J'ai quitté Paris en 1827 ; il y avait 3 ou 4 ans que Félix avait obtenu deux prix au grand concours.

« Il habitait alors avec sa mère rue des Filles-du-Calvaire, à peu de distance de la Place Royale.

« Après quelques essais heureux en littérature, il a fait du théâtre et a quitté sa mère pour se fixer sur les boulevards, où il se trouvait plus à portée de ses relations (1).

« C'était un excellent garçon, mais qui n'avait jamais un sou à lui, et nous ne l'avons vu que deux fois à Saumur, pour affaires de succession.

« Malheureusement la vie qu'il menait ne pouvait que nuire horriblement à sa santé et l'épuiser avant le temps. Il passait les jours et les nuits avec des acteurs et des actrices pour arriver à faire répéter et jouer ses pièces, etc., etc. »

Tout en faisant la part des milieux si différents dans lesquels ont vécu Arvers et sa cousine, et des opinions d'une personne éloignée depuis longtemps de Paris, il faut reconnaître qu'il y a un grand fonds de vérité dans le jugement porté ainsi sur Arvers, dont les jours ont été certainement abrégés par les veilles et les plaisirs.

(1) L'*Annuaire de la Garde nationale parisienne*, par Louis Menu, Paris, Anselin, 1830, mentionne Harvers (*sic*), rue de Bondy, 48, comme lieutenant-rapporteur adjoint au Conseil de discipline de la 5e légion, 2e bataillon.

Une de ses lettres du 29 mars 1839 (à M. Fournier) indique le même domicile. Il demeurait encore au même No, en 1845, d'après l'Annuaire du Commerce.

Les Dames patronnesses

Scribe, que Bayard, son neveu par alliance, avait dû mettre en relations avec Arvers, s'adjoignit celui-ci pour écrire un proverbe mêlé de couplets, en un acte : *Les Dames patronesses (sic)* ou *A quelque chose malheur est bon*. La première représentation en fut donnée au Gymnase le 15 février 1837 ; la pièce parut la même année chez J. N. Barba, dans le format in-8°.

Ce proverbe, qui rappelle les *Ricochets*, de Picard, pourrait se résumer ainsi : « La bienfaisance n'a souvent pour but que l'ostentation ou l'intérêt personnel... Mais qu'importe le motif... il vaut mieux faire le bien par amour-propre que de ne pas le faire du tout. »

La pièce réussit auprès du public et auprès des critiques (1), notamment de Jules Janin dans *les Débats*, et de Frédéric Soulié dans *la Presse*. Seul, le critique du *Moniteur* ne fut pas content : « Je plains le théâtre et surtout l'auteur s'il voit là un succès mérité. » Bien que le nom de Scribe figurât au premier rang, les journaux ne s'occupèrent que d'Arvers.

(1) Voir *Presse, Constitutionnel, National* et *Siècle* du 20 ; *Moniteur* et *Débats* du 27 février 1837.

Delphine

Le 18 avril 1837, Paul Foucher et Félix Arvers donnèrent au théâtre de la Porte Saint-Antoine un drame-vaudeville en deux actes, *Delphine* ou *Heureux après moi*. Imprimé chez Mme de Lacombe, rue d'Enghien, 12, il fut publié, chez Mifliez, en 1840, grand in-8°, à deux colonnes (Répertoire dramatique).

La critique (1) ne s'occupa guère de cette œuvre qui met en scène un jeune prodigue, Léopold, auquel son grand-oncle, le vicomte de Marsy, a légué 200,000 francs à la condition d'épouser sa cousine Delphine, à défaut de quoi le legs profiterait à celle-ci. Le légataire a dissipé la somme et se trouve dans l'alternative ou de restituer ce qu'il n'a plus, ou d'épouser sa cousine. Plus heureux que sage, Léopold obtient la main de Delphine, riche héritière d'ailleurs, et c'est par la signature du contrat que le premier acte se termine.

Au second acte, nous voyons Léopold, après trois mois de mariage, las d'être adoré, tenté de porter de nouveau ses hommages à Léonie, une grisette qu'il a délaissée.

(1) Voir *le Constitutionnel* du 1er mai 1837.

Pour retenir un cœur aussi volage, Delphine, avec l'argent destiné à un cachemire, achète pour son mari un superbe cheval anglais. Léopold est touché et rentre d'autant plus vite dans le devoir, qu'il apprend l'enlèvement de la grisette par un coiffeur, ce qui fit dire aux mauvais plaisants que la pièce de Paul Foucher et d'Arvers était un peu tirée par les cheveux.

S'il nous est permis d'introduire ici une courte digression, nous dirons que Félix Arvers, installé au dernier rang de l'orchestre, contre le parterre, assistait au Gymnase, le 24 avril 1837, à la première représentation de *la Vendéenne*, pièce de début de Mlle Rachel.

A la chute du rideau, raconte l'auteur de la *Biographie anecdotique de Mlle Rachel* (1), un spectateur placé derrière Arvers lâcha un coup de sifflet qui rata.

« — Oh ! Monsieur, dit Arvers en se retournant vers lui, c'est une pauvre petite débutante qui a bien besoin de son engagement ; ne la sifflez pas. » Et le spectateur se tint coi.

(1) Bruxelles, Méline, Cans et Cie, 1858, 1 vol. in-12, p. 18.

Rose et Blanche

Le 5 octobre 1837, le théâtre des Variétés représentait un vaudeville en un acte : *Rose et Blanche*, par Arvers.

Rose, à force de repriser les cachemires des autres, rêve d'en avoir un à son tour et se figure que quelque grand seigneur tombera amoureux d'elle ; Blanche, au contraire, exerce son métier de brodeuse sans lâcher la bride à son imagination. Ainsi va le monde. C'est Blanche qui, au dénouement, épouse le comte Frédéric de Marsy, personnifié par l'acteur Bressant, et Rose, redescendant sur la terre, met sa main dans celle d'un brave ouvrier doreur du nom de Magloire. Le comte de Marsy se charge de la dot de Rose.

Le succès de cette bluette fut contesté et par le public et par la presse (1). On trouva qu'Arvers avait fait et pouvait faire beaucoup mieux.

Imprimée par Mme Vve Dondey-Dupré, 46, rue Saint-Louis, au Marais, cette pièce fut éditée en grand in-8°, à deux colonnes, par Marchant, en 1837.

(1) V. *Moniteur*, *Presse*, *Constitutionnel*, *National* du 9 ; *Voleur* du 15 et *Débats* du 16 octobre 1837.

Les Parents de la Fille

Pour commencer une collaboration qui ne devait, comme leur amitié, cesser qu'à la mort d'Arvers, celui-ci et Ernest d'Avrecour faisaient représenter sur le théâtre de la Renaissance, le 10 décembre 1838, une comédie en un acte et en prose, *Les Parents de la Fille*. La donnée de cette pièce n'est autre que la réconciliation de deux époux volontairement séparés à laquelle les amène leur commun désir d'assurer le bonheur de leur unique enfant. Sans être originale, la pièce parut gaie et spirituelle (1). *Le National* la résumait ainsi : « Joli petit acte, accueilli par de petits bravos. »

Cette comédie, imprimée chez Mme Vve Dondey-Dupré, parut en 1839, chez Marchant, éditeur du Magasin théâtral, en in-8° à deux colonnes.

La Course au Clocher

La Course au Clocher, la première des deux comédies en trois actes et en vers que Félix Arvers donna au Théâtre-Français, fut jouée le vendredi 8 mars 1839 et atteignait le 24 juin

(1) *V. Siècle* du 11, *Moniteur* et *Constitutionnel* du 14 ; *Voleur* du 15, *Presse* du 16, et *National* du 20 décembre 1838.

suivant sa quatorzième et dernière représentation.

L'auteur mettait en scène une veuve de 19 ans, charmante, que trois jeunes fashionables et un quinquagénaire poursuivent à l'envi de leurs adorations et de leurs déclarations. Le prix de la course finit par échoir à celui qui paraissait avoir le moins de chances au départ ; ce qui fit dire au critique du *Siècle* (1) : « Il (l'auteur) a placé le bonheur conjugal beaucoup trop près des rhumatismes et des catarrhes. »

Ce fut un succès, d'après les archives du Théâtre-Français ; Mademoiselle Plessy, alors dans tout l'éclat de sa jeunesse et de sa beauté, remplissait le rôle de Madame de Chauny, et couronnait, sous les traits de son digne professeur, M. Samson, la flamme de M. de Villiers arrivé bon premier.

Le sujet d'ailleurs n'avait pas même le mérite de la nouveauté ; Collin d'Harleville l'avait déjà traité dans *le Vieillard et les Jeunes Gens*.

Cette comédie, imprimée chez Mme Vve Dondey-Dupré, parut en 1839 chez Bezou, boulevard Saint-Martin, 29, dans le format in-8°. Comme

(1) V. *Siècle* et *Presse* du 10, *Débats*, *National* et *Moniteur* du 11, *Constitutionnel* du 15 mars 1839.

elle était la propriété de l'auteur, tous les exemplaires furent revêtus de sa signature, F. Arvers.

Le Beau Martial.

Le 4 juillet 1839, Arvers donnait, aux Folies-Dramatiques, *le Beau Martial*, en société avec Fortuné de Saint-Germain, père de l'acteur Saint-Germain. La critique ne parait pas s'être occupée de cette pièce, qui n'aurait pas été imprimée, malgré sa réussite.

Les Vieilles Amours

Reprenant leur collaboration, d'Avrecour et F. Arvers écrivaient un vaudeville en un acte, *les Vieilles Amours*, qui fut joué le 17 janvier 1841 sur la scène du Vaudeville par Ravel et le couple Emile Taigny.

Il s'agit des amours de la brodeuse Nini et de l'étudiant Ferdinand, amours qui par parenthèse ne durent que depuis six mois et qu'on pourrait appeler avec plus de raison : « Les Jeunes Amours ». Ferdinand voudrait rompre cette chaîne, toute fleurie qu'elle soit, et abandonner ses droits en faveur de son ami Chamousset. Mais la jeune fille résiste et, s'apercevant du complot, excite si bien la jalousie de Ferdinand que celui-ci l'épouse. Chamousset, comme l'ami Bonnard dans *l'École des Vieillards,* ne se mariera pas.

La pièce parut en 1841 chez Henriot et Tresse; grand in-8° à deux colonnes, imprimerie de Dondey-Dupré (1).

Le second Mari

Félix Arvers aborda pour la seconde et dernière fois le Théâtre-Français avec *le Second Mari*, comédie en trois actes et en vers, dont le succès fut contesté et qui, du 3 avril au 6 juin 1841, eut seulement onze représentations, sans jamais obtenir, pas plus que *la Course au Clocher*, les honneurs d'une reprise.

« L'idée de cette pièce est ingénieuse, écrivait M. Hippolyte Lucas, dans le *Siècle* : — un homme, après avoir trompé un mari, a épousé la veuve, sa complice, et il tremble d'être trompé à son tour par quelque ami. On n'est jamais trahi que par les siens. Cette pièce, sans grande importance, est écrite en vers faciles et élégants. Elle est jouée avec ensemble et avec talent. »

La comédie d'Arvers avait en effet pour prin-

(1) V. *Presse* du 18; *Moniteur, Débats* et *National* du 25; *Siècle* du 31 janvier 1841.

cipaux interprètes MM. Geffroy et Samson, Mlles Anaïs et Denain.

Elle a été imprimée par Mme de Lacombe, rue d'Enghien, 12, et publiée chez Henriot, 1841, in-8°, à deux colonnes (Répertoire dramatique) (1).

Les Anglais en voyage

En 1844, le 1er juillet, d'Avrecour et Arvers faisaient représenter aux Variétés *les Anglais en voyage*, vaudeville en un acte, auquel les travestissements d'Hoffmann et un dialogue plaisant et spirituel valurent un succès de fou rire.

Un jeune peintre aime la nièce d'un aubergiste, lequel déteste les artistes et expulse le soupirant sous prétexte que tout son hôtel est retenu par des Anglais. Le peintre ne se décourage pas, il a son idée ; il se présente successivement sous les traits d'un jeune gentleman, d'un gros lord et d'une imposante lady. Les trois Anglais sont tellement désagréables qu'ils guérissent l'aubergiste de sa préférence pour Albion, et l'amoureux, bien qu'il avoue son stratagème, n'en obtient pas moins la main de la nièce.

(1) V. *Presse*, *Constitutionnel*, *Siècle* du 5 ; *Moniteur* du 7 ; *Débats* du 10 et *National* du 12 avril 1841.

Cette pièce imprimée à Paris, rue d'Enghien 12, par Mme de Lacombe, a été publiée en 1844, chez Tresse, (Répertoire dramatique) (1). Elle fut jouée également au mois de novembre de la même année, aux Folies-Dramatiques.

Les Deux César

Le Gymnase-Dramatique représenta pour la première fois, le 17 février 1845, *les Deux César*, comédie-vaudeville en un acte, d'Arvers (en société avec Viguier, d'après l'*Annuaire des lettres, des arts et des théâtres*, publié pour 1846-1847 par le *Constitutionnel*.)

L'auteur aurait pu aussi bien intituler son œuvre « Les deux Éducations. » César Dauvray est traité par son père plutôt comme un ami et un camarade que comme un fils ; au contraire, César Martineau est élevé avec la plus grande sévérité. Conclusion : le premier devient un charmant sujet, et le second un niais ou quelque chose d'approchant.

Sur cette idée de comédie Arvers avait brodé un dialogue amusant et spirituel qui ne trouva cependant pas grâce devant Jules Janin, tandis

(1) V. *Constitutionnel*, *Débats*, *Moniteur*, *National*, *Presse* et *Siècle*, du 8 juillet 1844.

que Théophile Gautier y voyait une veine d'or pour le Gymnase (1).

A ce sujet, M. Delaunay, l'éminent sociétaire retraité de la Comédie-Française, nous écrivait de Versailles, le 22 décembre 1885 :

Monsieur,

Les 3, 4 et 5 mars 1845, étant élève du Conservatoire, je débutais sous le nom d'*Ernest*, dans la pièce de Monsieur Arvers : *Les Deux César*. Je remplaçais Julien Deschamps. Je n'eus aucun succès et fus congédié (heureusement) par Monsieur *Monval*, régisseur de M. Montigny. Je continuai mes études et obtins un premier accessit. Cette même année, j'étais engagé à l'Odéon.

(Il y a quarante ans !)

Je n'ai jamais vu M. Arvers et je l'ai regretté.

Voilà tout.

Votre dévoué, A. Delaunay.

Les Deux César, imprimés par Mme de Lacombe, ont paru en grand in-8° à deux colonnes, chez Tresse. (Répertoire dramatique), 1845.

Suzon et Suzanne

Le 27 septembre de la même année 1845, Arvers donnait au théâtre du Vaudeville *Suzon et Suzanne*,

(1) V. *Constitutionnel*, *Débats*, *National* et *Presse* du 24 ; *Moniteur* et *Siècle* du 25 février 1845.

vaudeville en deux actes, qui ne semble pas avoir été imprimé et qui, d'ailleurs, fut accueilli par des sifflets. (1)

Suzon est une fermière aussi riche qu'ignorante, qui, se voyant dédaignée par un élégant monsieur du voisinage, vend sa ferme et part pour Paris, où elle veut s'instruire. A la fin, Suzon, transformée en Suzanne, s'aperçoit que le galant n'est, au fond, qu'un homme fort ordinaire, et elle est trop heureuse d'épouser un garçon simple, sans prétentions et qui l'aime réellement pour elle-même.

La Femme de Marbre

Après une interruption de deux années, (causée sans doute par la mort de sa mère, décédée à Paris, boulevard Saint-Martin, 31, le 25 novembre 1845, à l'âge de 77 ans), Arvers fit représenter sur la scène des Délassements-Comiques, le 3 novembre 1847, la *Femme de Marbre*, non imprimée, et que la critique laissa passer inaperçue.

(1) V. *Débats*, *Moniteur* et *Presse*, du 29 ; *National* et *Siècle* du 30 septembre ; *Constitutionnel* du 8 octobre 1845.

Lord Spleen

Arvers et d'Avrecour donnèrent aux Variétés, le 31 juillet 1849, un vaudeville en un acte, *Lord Spleen*, qui obtint un franc et légitime succès.

C'est l'histoire d'un Anglais millionnaire que l'ennui accable, et qui veut en finir avec la vie. Une jeune fille, dont il est aimé à son insu, réussit à le réconcilier avec l'existence et à en faire son mari.

Hoffmann jouait au naturel dans cette pièce le rôle de l'Anglais.

Imprimé chez J. Claye et Cie, rue Saint-Benoit, 7, ce vaudeville fut publié par Marchant en 1849, grand in-8°, à deux colonnes (Galerie dramatique). (1)

Mieux vaut tard que jamais

Le 6 novembre 1849, les mêmes auteurs faisaient représenter aux Folies-Dramatiques une pièce en un acte, *Mieux vaut tard que jamais*, qui obtint un demi-succès.

(1) V. *Constitutionnel, Moniteur, National* et *Presse* du 6 ; *Débats* et *Siècle* du 13 août 1849.

Nous ne croyons pas qu'elle ait été imprimée, ni que les critiques du lundi s'en soient jamais occupés.

Le Banquet de camarades

Le 13 septembre 1850, Arvers donnait au Gymnase, avec d'Avrecour qui fut nommé le premier, *le Banquet de camarades,* vaudeville en un acte.

Cette pièce, dans laquelle les deux amis faisaient revivre leurs souvenirs de pension, où l'un des personnages racontait que le prix d'honneur de 1824 (l'année même du triomphe universitaire d'Arvers) était souffleur aux Funambules, cette pièce n'obtint du public et de la critique qu'un accueil peu favorable. (1)

Imprimé chez J. Claye et Cie, le *Banquet de camarades* parut en grand in-8°, à deux colonnes, dans la Galerie théâtrale, en 1850.

Au sujet de ce vaudeville, Arvers écrivait à son collaborateur (2) la lettre suivante, dont

(1) V. *Moniteur, National* et *Siècle* du 16, et *Débats* du 23 septembre 1850.

(2) Outre la lettre du 23 juillet, celles du 3 août, des 4 et 6 septembre 1850 que nous reproduisons plus loin, s'occupent du *Banquet de camarades*.

nous devons la communication à la grande obligeance d'un savant et distingué bibliophile, M. Henri Cordier, qui en possède l'original.

Paris, le 23 juillet 1850.

Rien de nouveau au Gymnase, et même, hier au soir, j'ai causé de choses indifférentes avec Montigny, espérant qu'il arriverait à me toucher un mot de notre affaire ; mais il ne m'a parlé que de la pluie et du beau temps ; du beau temps surtout, et de *Caron pas un mot*. (Toujours Mme de Sévigné). On a mis en répétition hier un acte de Siraudin et de Moreau, et peut-être aussi de Delacour.

D'un autre côté, le retour de Bressant, rentré le 15, va faire reprendre les répétitions du *Faust*, en quatre ou cinq actes, de M. Michel Carré, sans préjudice de deux actes, de Bayard, reçus pour le même Bressant. Je vois donc d'ici le tableau des répétitions chargé pour un bon bout de temps, à moins qu'on ne nous glisse entre ces grosses pièces, avec la certitude d'être écrasés par elles.

Au surplus, je vous l'ai déjà dit, j'ai fait mon deuil, comme argent, de notre *Banquet*, mais je voudrais qu'à défaut de profit, il nous rapportât quelque honneur.

UN COLLABORATEUR (D'AVRECOUR)

C'est en 1838, nous l'avons dit, qu'avait commencé, entre Félix Arvers et Ernest d'Avrecour, une collaboration et par suite une amitié qui ne devaient cesser qu'à la mort du premier de ces deux écrivains.

D'Avrecour, né à Paris d'une vieille famille champenoise, chef de la branche qui porte son nom, était le cousin des ducs de Plaisance, dont l'un, connu en littérature sous le nom du prince Lebrun, fut troisième consul, puis archi-trésorier du premier Empire, et un autre grand-chancelier de la Légion d'Honneur sous le second Empire ; d'Avrecour était également cousin du comte de Chabrol-Volvic, préfet de la Seine sous l'Empire et la Restauration, etc.

Malgré ces parentés, d'Avrecour était toujours resté profondément attaché à la Légitimité. Il faisait partie de cette pléiade d'auteurs gentilshommes et gardes du corps qui affectaient volontiers de ne considérer le théâtre que comme un délassement : tels, le marquis de Livry, Philippe Dumanoir, Théaulon, d'Artois, Francis, etc.

Non-seulement il ne portait pas son titre dans ses pièces imprimées, mais encore il laissait orthographier son nom de toutes les manières.

Ce nom, d'après les actes, est *Avrecour*, mais la forme la plus sérieusement consacrée par les papiers de famille est Avrecourt.

Depuis le moyen-âge, cette orthographe a prévalu sur celles d'Auricour, Aurecourt et autres déformations du même mot.

D'Avrecour est mort le 11 septembre 1871.

Il avait conservé un véritable culte pour la mémoire de son ancien collaborateur ; sur un de ses carnets était inscrite de sa main la liste des pièces d'Arvers, qu'il avait fait suivre de ce sixain :

SUR ARVERS

Nous avions mis nos esprits en commun,
Arvers et moi, nous ne faisions plus qu'un ;
Quand il vivait, par sa verve comique
Tant bien que mal je vécus comme auteur ;
Quand il mourut, conséquence logique,
On enterra son collaborateur.

De plus, en regard de chacune de ces pièces, Ernest d'Avrecour avait à peu près fixé leur sort. M. Abel d'Avrecour, son fils, a bien voulu reproduire pour nous ces appréciations consciencieuses :

1° Grand succès.

Deux Maîtresses.

2° Succès.

Les Dames patronesses, les Parents de la Fille, le Beau Martial, les Vieilles Amours, les Anglais en voyage, Lord Spleen.

3° Demi-succès.

Delphine, La Course au Clocher, le Second Mari, la Femme de Marbre, Mieux vaut tard que jamais, le Banquet de Camarades.

4° Chute.

Rose et Blanche, les Deux César, Suzon et Suzanne.

ARVERS INTIME

Auguste Villemot, dans sa chronique parisienne du 24 décembre 1854, (1) a mis sur le compte de Félix Arvers l'anecdote suivante :

> Arvers, ce garçon de tant d'esprit, mort depuis quelques années, était avare et ne s'en cachait pas. Les obligations du jour de l'an l'exaspéraient et il racontait lui-même comment il avisait le plus possible pour s'en exonérer. Son procédé consistait à donner aux femmes des bonbons perfides et canailles. Le 3 janvier, il allait prendre des informations sur les résultats de sa galanterie ; il était reçu invariablement par une femme de chambre qui, d'un air piteux, lui disait :
>
> « Madame est au lit ; en rentrant du spectacle elle a trouvé les bonbons de Monsieur et, depuis ce temps, elle a des coliques insensées. » — Bon ! se disait Arvers, mes bonbons ont fait de l'effet ; en voilà une qui ne me demandera rien l'année prochaine.

Arvers ne fut pourtant ni avare, ni prodigue ; en réalité il n'était pas riche. A la mort de son

(1) *Auguste Villemot.* La vie à Paris, Paris Michel Lévy, frères, 1858, 2 vol. in-12, 1re Série, p. 195 et 196.

père, arrivée à Cézy, le 23 novembre 1823, la communauté de biens qui avait existé entre ce dernier et sa femme comprenait uniquement des valeurs mobilières estimées 8.079 fr. 50 c., et des immeubles situés à Cézy d'un revenu de 1.600 francs. La succession, non plus que la veuve, n'avaient aucune reprise à exercer, et Mme Arvers avait droit au quart en pleine propriété des biens délaissés par son mari, en vertu d'un acte reçu par Me Poisson, notaire à Paris, le 9 mars 1814.

Quand Mme Arvers mourut (boulevard Saint-Martin, 31, ancien 6e arrondissement de Paris, 25 novembre 1845), son fils unique recueillit seulement dans sa succession un actif mobilier estimé 892 fr. 75.

Enfin, Félix Arvers ne possédait à son décès, arrivé le 7 novembre 1850, que des valeurs mobilières s'élevant à 26.816 fr. 50. Il avait recueilli seulement, outre celles de ses père et mère, une succession modeste à Saumur, et d'un autre côté ses pièces de théâtre devaient lui procurer un supplément irrégulier de revenus et, dans tous les cas, médiocre.

Aussi, comme on peut le voir par les chiffres qui précèdent, le patrimoine primitif était-il, à la mort du poète, notablement diminué.

Mieux que toutes les anecdotes, plus exactement que les biographies, la correspondance d'Arvers devrait servir à le faire connaître ; malheureusement ses lettres sont rares et le peu qui s'en retrouve ne suffit pas à le révéler tout entier.

Voici deux lettres adressées par leur auteur à M. Guyet-Desfontaines, son ancien patron, demeuré son ami :

Mon cher ex-patron,

On me joue au Gymnase demain mercredi, à moins d'empêchement imprévu. Au surplus, les journaux et les affiches vous instruiront : *La pièce* a pour titre : *Les Dames patronesses*. Je serais bien heureux si vous vouliez me permettre de vous offrir une loge. Il y a seulement une petite circonstance, misérable en elle-même, mais dont je dois vous parler à cause du procédé ; c'est que le Directeur ne donne de loges qu'avec un droit de 1 fr. par place, droit qu'il n'est pas même permis d'acquitter à l'avance et à l'insu de ceux auxquels on adresse les places.

Je ne peux donc vous faire que cette galanterie bâtarde, mais la plus belle fille .... Vous savez le reste. Toutefois je dois vous dire que la loge sera parfaitement convenable quant à l'emplacement.

Si donc, ce jour-là, vous pouvez disposer de votre soirée en ma faveur, vous trouverez sous enveloppe, à votre nom, chez George, le concierge du faubourg Poissonnière, la loge en question.

Dans le cas où il vous serait impossible d'en profiter, je vous serais bien obligé de m'en faire donner de suite avis par un mot de Chéradame afin que je puisse en disposer autrement.

Recevez, mon cher patron, l'assurance de mon sincère attachement.

F. ARVERS.

15 février (1837.)

C'est encore moi, mon cher patron qui vous tourmente pour ce malheureux *Second Mari*. Il est certain maintenant que la pièce sera jouée samedi. Or, j'ai réfléchi que c'était précisément le jour où vous receviez, et j'ai pensé qu'il vous serait impossible de me donner votre soirée.

S'il en est ainsi, soyez assez bon pour m'en avertir par deux mots à la poste : je donnerais une autre destination à la loge que je vous réservais, et je vous en enverrais une pour la seconde ou la troisième représentation à votre choix.

Mille compliments affectueux.

F. ARVERS.

1er avril (1841.)

Deux autres lettres ont Madame Guyet-Desfontaines pour destinataire :

Ceci, Madame, est pour m'excuser d'une chose qui a dû vous paraître une grosse impolitesse, et qui n'a été qu'une erreur. Vous aviez pris la peine de m'écrire le jour où vous deviez avoir Delsarte, et ce jour-là vous ne m'avez pas vu. Au lieu de *jeudi* que portait votre lettre, j'avais lu *samedi*, habitué d'ailleurs que j'étais à l'idée que ce jour-là était celui de vos réunions. Ce qui fait que j'ai manqué la solennité. — Triste conséquence d'une erreur !

Hélas ! ce ne fut pas la seule ; ceci est maintenant, comme dit Bilboquet, de la haute comédie.

C'est qu'hier, toujours dans l'idée que la chose avait lieu samedi, je me suis rendu chez vous en toilette magnifique et vous jugez de mon étonnement en voyant la solitude et la profonde obscurité des salons. Deux mots d'explication avec le valet de chambre m'eurent bientôt mis au courant et je fus si dépité de ma méprise que, bien que vous fussiez visible, je ne voulus pas vous donner le spectacle de ma figure désappointée, et je m'esquivai.

Si ce récit naïf et sans art a pu calmer le juste mécontentement où vous devez être, j'attends une preuve de mon amnistie dans une nouvelle invitation, d'autant plus que j'ai une autre faveur à solliciter de vous, et que lorsque vous serez en voie de clémence et de générosité, j'aurai plus de chances pour obtenir la grâce que j'attends.

Recevez, Madame, avec la nouvelle assurance de mes regrets, l'expression de mon respectueux attachement.

F. ARVERS.

13 10bre (1840 ou 1846.)

Madame,

J'ai l'honneur de vous adresser la petite *Réclame* dont je vous ai parlé hier pour le plan de Venise, et que j'ai oublié de faire dans la soirée.

Je compte sur la promesse que vous avez bien voulu me faire, et vous remercie d'avance au nom de ces pauvres gens à qui vous m'aidez à sauver la vie.

Restent deux autres promesses auxquelles j'attache trop de prix pour ne pas les rappeler ; l'une le diner avec Dumas, et l'autre cette fameuse contredanse... mais chut ! ceci est un Mystère (de Paris.)

Recevez, Madame, l'assurance de mon affectueux attachement.

F. ARVERS.

Lundi 6 mars (1843). (1)

Dans une lettre annexée à un exemplaire des *Heures perdues* provenant des ventes Arnauldet et Noilly, et possédé aujourd'hui par M. Ernest Lemaître, avocat à Laon, auteur de deux remar-

(1) Ces quatre lettres adressées à M. et Mme Guyet-Desfontaines nous ont été communiquées par M. Pitaux, (successeur médiat de M. Guyet-Desfontaines) qui en tenait la copie du détenteur des originaux, M. Froment, exécuteur testamentaire du peintre Amaury Duval, frère et beau-frère des destinataires de ces lettres.

quables études sur Victor Hugo et Sainte-Beuve et sur Arsène Houssaye, Arvers écrivait :

Me permettrez-vous, Monsieur, de mettre votre obligeance à contribution en vous priant d'obtenir pour moi de Scribe une place d'orchestre pour la première du *Lac des Fées* ? J'aurais bien demandé ce service moi-même, mais la difficulté de le rencontrer dans ce moment où tout son temps est pris, m'a déterminé à recourir plutôt à votre complaisance.

Dans le cas où vous obtiendriez pour moi la faveur que je sollicite, je vous prierais de joindre à vos bontés pour moi celle de m'envoyer le billet par la poste à mon adresse, rue de Bondy, n° 48.

Recevez, Monsieur, avec mes excuses sur mon importunité, l'assurance de ma respectueuse considération.

(Signé) F. ARVERS.

29 mars 1839.

Monsieur Fournier, 12, rue de la Paix.

Voici une autre lettre adressée à un ami et dont nous possédons l'original.

Elle porte en relief les initiales F. A. et est ainsi conçue :

Mon cher ami,

Ce qui est très facile en tout tems (*sic*) et surtout en celui-ci, savoir : d'envoyer à ses amis des billets de spectacle, m'est absolument impossible, retenu que je suis chez moi par une tumeur au genou qui me permet tout au plus d'aller jusqu'au café de la Porte Saint-Martin pour y lire les journaux, mais m'interdit toute course plus longue. Or, pour avoir des billets, c'est bien le moins qu'on fasse d'aller les demander, et je ne le puis en ce moment. J'aurais bien la ressource de m'adresser à mon collaborateur (1), mais il est avec sa femme et ses enfants à Boulogne-sur-Mer, où il *en* prend des bains (de mer).

S'il vous plaisait recevoir en échange deux places de la Porte Saint-Martin pour un jour de la semaine prochaine, cela me serait beaucoup plus commode.

Ajoutez qu'on y donne une pièce fort remarquable qui est presque le début d'un jeune auteur, *les Libertins de Genève* (2). C'est une étude sur Calvin où il y a de fort belles choses.

Si la substitution vous agrée, faites-le moi savoir par un mot, et je serais trop heureux de contribuer à alléger le poids de l'ennui de ce tems de république.

Tout à vous,

F. ARVERS.

Samedi 19 août 1848.

P.-S. — Quand vous m'écrirez, ne mettez donc pas *homme de lettres* sur l'adresse. J'avais caché cela dans la maison. Il y a de quoi faire donner congé.

Chose curieuse, Félix Arvers, qui demeurait depuis 1845 au n° 31 du boulevard Saint-Martin,

(1) D'Avrecour, sans doute.

(2) *Les Libertins de Genève*, drame en cinq actes et en prose, par Marc Fournier, août 1848.

donna ou reçut congé précisément en cette même année 1848, et alla s'installer jusqu'à sa mort au n° 58 de la rue Neuve-Saint-Nicolas. (L'Annuaire du Commerce indique le n° 34).

Cette rue commençait à la rue Sanson aujourd'hui démolie et aboutissait aux n°s 76 et 78 du faubourg Saint-Martin Elle est devenue ensuite la rue Neuve-Saint-Jean et s'est, enfin, confondue dans celle du Château-d'Eau.

Le 9 juillet 1850, Arvers adressait de Paris à d'Avrecour une lettre autographe signée de ses initiales, écrite sur quatre pages pleines in-8° et qui figurait sous le n° 6, dans la *Revue des Autographes* publiée par M. Eugène Charavay fils, et parue en octobre 1890, où elle était cotée 75 francs.

Suit la description de cette lettre :

Il a fait un voyage à Fontainebleau, parce qu'il craignait à Paris quelqu'agitation politique, le voici de retour « il n'arrivera que ce qu'il doit arriver et Dieu par dessus tout, comme dit Mme de Sévigné. » Il vient de lire l'ouvrage de Walckenaer sur cet écrivain épistolaire ; « c'est un chef-d'œuvre d'érudition et de recherches. » Il approuve tout ce qu'il fera de leur pièce commune, *Madame Lebel*. « Aux Variétés on doit donner cette semaine *la Vie de Café*, trois actes de Dupeuty et Vanderburch, sur lesquels Boulé compte. Hoffmann répète une pièce d'Anglais. C'est un baronnet qui apprend l'argot, croyant apprendre le français. Au Gymnase je ne sais pas si on fait de l'argent, tout ce que je sais, c'est qu'ils ont payé intégralement leurs acteurs le 2 juillet. » Il discute ensuite un remaniement pour la pièce que Montigny doit leur représenter au Gymnase. Il parle encore du fils de Rose Dupuis, de Bayard, etc.

Le 19 juillet de cette même année 1850, notre héros écrivait de Paris une lettre dont *le Livre*, dans sa livraison de mars 1889, page 152, a publié les extraits suivants :

Vive le Président ! dirai-je à mon tour, car en vérité cet enfant va très bien.

Savez-vous qu'il vient de nous donner une petite loi qui ôte la moitié de leur influence aux journaux, ces grands feseurs (*sic*) de révolutions ? C'est ce que M. Victor Hugo appelle encore une violation de la Constitution. Or, on a remarqué que, chaque fois que cette pauvre Constitution est violée, c'est le signal du retour de la confiance et de la reprise des affaires. Les comptes hebdomadaires de la Banque et le tableau du produit des revenus indirects, publié par le *Moniteur*, témoignent de cet état de prospérité, qui n'attend pour être complette (*sic*) que la suppression totale de la République.....

Ah oui, la Révolution de Février, j'en ai entendu parler sur la côte de Coromandel. Eh bien, Monsieur, la Révolution de février a fait le bonheur de la France..... pour l'avenir, car, pour ce qui est du présent, je ne vous cacherai pas qu'elle a ruiné pas mal de monde, mais ruiné, là, à plates coutures ; quand la République fait les choses, elle ne les fait pas à moitié ; si bien que ceux qui dînaient chez Véry dînent aujourd'hui à quarante sous, ceux qui dînaient à quarante sous dînent à dix-huit et ceux qui dînaient à dix-huit ne dînent plus du tout.

Autre lettre adressée de Paris, le 28 juillet 1850, à d'Avrecour, figurant sous le n° 8 d'une vente de lettres autographes faite le 12 décembre 1890 par le ministère de Me Georges Boulland, assisté de M. Eugène Charavay :

« Convenez (dit-il), que si j'apportais la moindre idée d'amour-propre dans notre commerce, il y aurait vingt fois de quoi renoncer. Habitant un pays nouveau pour vous et inconnu de moi, vous n'avez qu'à regarder autour de vous pour y recueillir des observations intéressantes. »

Lui-même n'ose lui décrire la Porte Saint-Denis, ni lui parler du macadamisage. Son collaborateur a une écriture fort illisible : Arvers n'a pu lire d'un coup et d'un trait *La Sauvenière*. Au théâtre *l'Échelle des Femmes* est arrêtée par une indisposition de Mme Wolf qui joue le principal rôle. La pièce de Siraudin a eu pour collaborateur Clairville, non Delacour, qui devient insupportable. « La pièce d'Anglais pour Hoffmann est de la société A. Royer, G. Vaez et Narey. Hoffmann a fait feu des quatre pieds pour ne pas la jouer, car il la trouve détestable, mais il a fallu céder. »

Il lui parle de deux pièces qu'ils composaient ensemble : *Mouche* et le *Banquet*. Bardou est exigeant pour les appointements. Qu'il songe au *Dernier Postillon* pour Hoffmann ; ce dernier représentant d'un métier supprimé par les chemins de fer voit sa fille devenir amoureuse d'un chef de gare.

Le 3 août 1850, Félix Arvers écrivait de Paris à son intime collaborateur une autre lettre signée de ses initiales, et figurant sous le n° 9 d'un catalogue de lettres autographes vendues, le 20 février 1890, par le ministère de Me G. Boulland, assisté de M. Eugène Charavay, expert, et formant le n° 13 de la *Revue des Autographes* de janvier 1891 (Paris, Eug. Charavay). Prix : 40 francs.

Cette lettre appartient aujourd'hui à M. Ernest Lemaître, avocat à Laon, qui nous a gracieusement permis d'en prendre copie :

Paris, 3 août 1850.

(Timbre sec. Lettre gothiques F. A.)

J'ai vidé mon sac de nouvelles, mon cher ami, ce qui fait que j'en suis un peu à court ; d'autant plus que voilà deux jours que je ne suis sorti, retenu que j'étais par une indisposition dont je ne suis pas encore tout à fait quitte, mais qui n'a rien de grave. C'est là, pour le dire en passant, l'excuse de la légère inexactitude que j'ai commise, en ne répondant pas à votre lettre comme d'ordinaire, le jour même. Tout dénué que je sois, je ne laisserai pourtant pas passer cet ordinaire sans vous dire que j'ai vu la fameuse pièce d'Hipp. Leroux aux Délassements, intitulée : *Un Particulier en général !* (Vous comprenez le jeu de mots). Je n'ai pas la prétention de vous surprendre en vous disant que ce n'est pas bon, mais il y a quelque gaité, et tel que ça est, cela vaut autant que toutes les pièces de Clairville, et mille fois mieux que celles de Siraudin et de Moreau, qui néanmoins sont jouées sur tous les Théâtres.

Ne pas oublier non plus cette autre fameuse pièce des célèbres A. Royer et Cie dont je vous ai vu si souvent envier le talent, et qui s'appelle *les Fantaisies de Milord !* J'espère qu'on la jouera encore à votre retour, et je ne veux d'autre vengeance que de vous condamner à la voir. Il y a bien eu quelques sifflets le premier jour, mais qu'importe ? Contre nous, ce serait une objection, mais contre M. Narrey ! Il n'en fait jamais d'autres !

(4 août) Je continue cette lettre interrompue, non par le brouillard, mais par les soins de ma santé, en vous fesant malicieusement remarquer une singulière différence qui m'a frappé entre la théorie et la pratique de vos opinions. Vous partez pour échapper au spectacle de la république et notamment à la société de Barthélemy : vous allez à Spa, et votre seule crainte en y allant est d'y rencontrer Et. Arago : cette appréhension était même si forte qu'il n'a tenu à rien qu'elle ne vous fît changer le but de votre voyage : voilà qui est bien. Or, la première personne que vous rencontrez à Spa, est précisément ce même

Etienne Arago, dont vous vous fussiez toujours cru trop près, *fussiez-vous par delà les colonnes d'Alcide.* On croit qu'à sa vue vos cheveux vont se dresser d'horreur et que vous allez vous écrier avec Horace : *Fœnum habet in cornu, longè fuge !* Point. Il vous aborde. Il vous tend la main. Je n'ose affirmer que vous la lui serriez, mais j'en ai peur : enfin, vous causez comme une paire d'amis, et, deux jours après, vous m'écrivez, à moi, qu'à tout prendre c'est un bon diable qui n'est pas si noir qu'il en a l'air. Je le crois aussi pour ma part, et je suis loin de vous blâmer d'une opinion que je partage. Je n'ai voulu que vous signaler ce contraste entre votre manière de voir si absolue dans son expression, et, dans l'application, si coulante sur l'admission des circonstances atténuantes. Savez-vous ce que je conclus de là ? C'est que si le hasard vous mettait en rapport avec Barbès lui-même, et que par votre position vous fussiez dans la nécessité de le pratiquer quelque tems, vous seriez tout étonné de trouver en lui ce qu'il est, dit-on, l'homme le plus honnête et le plus naïf de la terre, et de la meilleure composition possible sur tous les sujets. (La politique exceptée, bien entendu.) C'est qu'il n'est pas dans la nature qu'un homme soit absolument bon, ou absolument méchant, et que si, à la rigueur, on peut trouver un honnête homme parmi les Rouges, il n'est pas impossible de trouver de la canaille chez les Légitimistes. Comment expliquez-vous, par exemple, cette alliance du parti légitimiste avec la Montagne dans ces dernières discussions de la Chambre ? Quels rapports d'intérêts, d'idées peuvent exister entre deux principes aussi antipathiques ? Il y a sans doute quelque mystère hors de la portée des profanes, mais jusqu'à ce que vous me l'ayez expliqué, je persisterais à n'y voir qu'une monstruosité déshonorante.

Enfin, nous avons la censure ! Grâces en soient rendues à Brunswick, Leuven, Arthur de Beauplan, et surtout à M. Ferdinand Dugué, dont la pièce (*la Misère*) a été la cause déterminante de la présentation de la loi. Jusqu'à présent le profit le plus clair pour nous est de voir tripler les frais de copie, sans préjudice des autres tracasseries qui nous attendent. Il ne reste de l'ancienne censure que M. Florent, ancien notaire. Les autres me sont inconnus. Pourvu qu'ils n'aillent pas nous chicaner sur les plaisanteries, bien anodines pourtant, que j'ai hasardées contre la République dans notre pièce du *Banquet de Camarades*.

A propos de cette pièce, j'ai estimé, dans ma sagesse, que le moment était venu de travailler à la faire jouer. Elle ne pourrait arriver plus tôt qu'en septembre, qui n'est plus le mois des chaleurs, et qui est celui des vacances, non d'écoliers seulement, mais de tribunaux, et qui amène à Paris toute la magistrature de province. J'ai en conséquence donné à Monval, qui s'en est chargé volontiers, la mission de saisir toutes les occasions d'en glisser un mot à Montigny.

Adieu : *Je m'ennuie bien de vous*, et j'attends votre retour avec bien de l'impatience. J'ai déjà fait mes calculs. Vous restez à Spa jusqu'au 14 ; il me semble que vous avez bien assez de dix jours pour revenir, fût-ce par les bords du Rhin, ainsi vous pouvez être à Paris le 24, c'est-à dire dans vingt jours. En attendant, ferme sur *Mme Lebel !* Si nous avions le bonheur d'être en mesure à la fin du mois, nous pourrions prendre Numa au débotté et avant que les gros faiseurs s'en soient emparés. Le papier me manque, j'ai à peine l'espace nécessaire pour faire mes compliments à toute la maisonnée.

(Signé) F. A.

Depuis la fin de l'année 1848, l'ancien lauréat de l'Université souffrait d'une maladie de la moëlle épinière. Sur les instances de M. d'Avrecour père, ils allèrent trouver ensemble un spécialiste. (1)

Une fois introduit dans le cabinet médical :

« Docteur, j'ai une maladie de la moëlle épinière qui doit m'envoyer prochainement *ad patres*. Je sais que c'est incurable et je ne conserve aucune illusion, aussi je ne suis venu à vous que pour faire plaisir à mon ami ici présent. »

Mon père — raconte M. Roger d'Avrecour — ayant pris la parole pour le raisonner, l'homme de sciences reprit :

« Monsieur se rend un compte exact de son état. »

Une fois sorti, Arvers se contenta de dire : « Voilà un Monsieur qui n'est pas aimable ! »

(1) V. *Revue Rétrospective* du 15 décembre 1869, par M. Abel d'Avrecour, et le supplément littéraire du *Figaro* du 1er octobre 1892, art. de M. Roger d'Avrecour.

En septembre 1850, atteint d'une affection vésicale fort incommode, il était en traitement dans une maison de santé du chef-lieu de Seine-et-Marne. Il écrivait alors à son collaborateur, Ernest d'Avrecour, une lettre datée de Melun du 4 septembre et cotée 75 francs sous le n° 12 de la Revue des Autographes de M. Eugène Charavay, de février 1890 ; puis 70 francs sous le n° 118 (novembre 1891) de la même Revue. Cette lettre nous a été cédée par M. A. Voisin, libraire, le 1er août 1892 et nous en reproduisons le texte :

Melun, 4 septembre 1850.

Permettez-moi, mon ami, de vous parler encore de mon traitement. Ces détails, fastidieux pour tout autre, ne seront peut-être pas sans intérêt pour vous, en raison du prix que vous voulez bien attacher à ma santé. Depuis ma dernière lettre, j'ai passé par bien des épreuves. On m'a d'abord soumis à la sudation dans un drap imbibé d'eau froide. On vous entortille là-dedans, on enveloppe le tout de couvertures de laine, on met par-dessus un édredon et ainsi emmaillotté, et dans l'impossibilité de faire un mouvement, on vous laisse deux heures, trois heures, jusqu'à cinq. Jusqu'au moment enfin où la sueur vous inonde. Alors on vous tire de là, on vous jette sur la tête et le corps un autre drap imprégné d'eau froide et, tout ruisselant de sueur, on vous frictionne jusqu'à rubéfaction de la peau. Ce matin, j'ai passé à la sudation sèche, c'est-à-dire dans de simples couvertures de laine non imbibées d'eau. Quand j'ai été en sueur on m'a soumis d'abord à la douche, dite arrosoir, que son nom fait suffisamment connaître, puis à la douche dite le *Jet*, qui consiste en une colonne d'eau de la grosseur du doigt qu'on fait tomber d'une dizaine de pieds sur le patient. Toutes ces épreuves qui, à ce qu'il paraît, effrayent ordinairement beaucoup les malades, ont été supportées par moi avec un stoïcisme qui a fait l'admiration du garçon de bain ; il en a rendu compte au directeur de la maison et on n'a parlé que de cela à déjeuner.

La vérité est que c'est beaucoup plus effrayant que douloureux, et même une fois la première seconde passée, on sent par tout le corps un bien-être inconnu. Il n'y a de vraiment ennuyeux que les lenteurs de la sudation qu'il faut laisser se produire naturellement, sans la provoquer par aucun moyen artificiel, tels que bains de vapeur, ou lampes à l'esprit de vin, ce qui, comme je vous l'ai dit, demande quelquefois cinq heures et plus, dans un état d'immobilité qui, à la longue, devient un supplice. Maintenant, si vous me demandez quel résultat j'ai obtenu, je vous répondrai : aucun, jusqu'ici, si ce n'est un bien-être très passager après chaque séance, et une diminution assez notable dans mon incontinence d'urines, qui me laisse à peu près en repos la nuit. Mais je ne me décourage pas pour cela, *ci vuol pazienzia*, et je suis décidé à suivre le traitement jusqu'au bout.

Dans l'état où je suis, je n'ai pas besoin de vous dire que, si nous passons samedi, il me sera de toute impossibilité d'aller à Paris ce jour-là. Tachez d'obtenir qu'on diffère jusqu'à lundi ou mardi. Ecrivez-moi demain et faites-moi savoir ce qui a été décidé, car si la chose tenait pour samedi, j'ai à donner une loge et trois stalles d'orchestre que je vous prierais d'envoyer au domicile que je vous indiquerais.

Dites-moi donc, par la même occasion, en quoi consistait précisément l'objection de Montigny contre la seconde scène d'Ambroise et de Rabourdin, et quelle modification vous y avez apportée. Ce seul point m'inquiète. Quant au couplet au public, j'approuve sans réserve la substitution de Dupuis à cette petite fille, comme aussi toutes les autres *cascades* que vous avez pu introduire dans la pièce, et que je ne connais pas. Ah ! si je les connaissais !..... etc.

Vous m'avez rassuré en me disant que la préparation du menuisier était non supprimée, mais abrégée. A la bonne heure. Je voudrais seulement savoir si vous avez laissé cette phrase : « Si bien que ceux qui dînaient chez Véry, etc. » Je la regretterais, car elle me paraît à effet et sans péril pour la Censure.

Aux Variétés, ces tergiversations de Boulé me paraissent de mauvais augure. Je ne réclame cependant que l'exécution d'une promesse bien formelle. Le mieux qui puisse m'arriver, c'est ce que ce soit une pièce ajournée jusqu'au moment, bien éloigné peut-être, où je me tiendrai sur mes jambes. N'abandonnez pas cependant la partie. Voyez encore Boulé et tirez-en pied ou aile. Ces démarches, dans un intérêt qui m'est purement personnel, constituent un nouveau service à joindre à tous ceux dont je vous suis redevable et dont je ne désire que l'occasion et le moyen de m'acquitter.

Je lis ici des ouvrages sur l'hydrothérapie qui, s'il fallait les en croire, serait la merveille de ce siècle. Ce n'est cependant pas une panacée universelle. Certaines maladies, les maladies organiques, par exemple, sont exceptées de celles que cette médication peut guérir. Ce traitement, destiné, je le crois, à prendre une grande extension, a été découvert par un paysan hongrois qui l'a mis en pratique et a gagné à ce métier une fortune qu'on évalue aujourd'hui à six millions de francs.

De là la répugnance de certains médecins pour ce traitement qui se présente avec les allures d'un remède de bonne femme. Cependant l'Allemagne compte déjà plus de trois cents établissements de ce genre; la France n'en a encore que seize, mais le zèle des propagateurs de l'hydrothérapie supplée à leur nombre, c'est une découverte appelée à opérer dans la médecine les révolutions que la vapeur a introduites dans l'industrie. Il y a ce fait remarquable que, si l'hydrothérapie n'a pas guéri tous les malades, elle n'a aggravé la position d'aucun et on peut en dire que si ça ne fait pas de bien, ça ne fait toujours pas de mal.

Adieu, mon ami; n'oubliez pas de me répondre demain. Mille choses aimables à votre femme et à vos enfants, que je ne verrai probablement pas d'ici longtemps ; répondez-moi sur tous les points de ma lettre où je demande une réponse et croyez-moi

Votre affectionné,

F. Arvers.

Je n'ajoute pas : « Et buvez de l'eau. » C'est un soin que je me réserve. »

Deux jours après, Arvers écrivait de nouveau à d'Avrecour. L'original de sa lettre est aux mains de M. Henri Cordier qui a bien voulu nous en communiquer le texte :

Melun, 6 septembre 1850.

Je n'ai malheureusement, mon cher ami, aucune amélioration à vous signaler dans mon état. Je ne m'en étonne pas, du reste, le docteur et tous les malades de la maison, même ceux qui se sont bien trouvés du traitement, me répétant chaque jour que ce n'est qu'au bout d'un mois ou cinq semaines que les effets de la médication peuvent se faire sentir. En attendant, mon mal s'est compliqué des accidents les plus incommodes, et qui ne permettent pas de songer un instant à aller à Paris pour ma première représentation. (1).

(1) Arvers faisait allusion à la pièce *le Banquet de Camarades*, représentée le 13 septembre 1850.

Du reste, je me repose avec toute confiance sur Montigny et sur vous.

Je vous ai dit, je crois, que j'avais besoin d'une loge et de trois stalles d'orchestre pour le premier jour ; mais tout cela bien entendu est subordonné à la possibilité. Dans aucun cas, vous ne pouvez avoir moins d'une loge pour moi. Vous voudriez bien la laisser chez le concierge du théâtre (avec les stalles, si vous pouviez en accrocher ou, dans le cas contraire, sans les stalles), sous enveloppe à mon nom, avec recommandation de les remettre à la personne qui viendrait les réclamer de ma part. Ceci a pour but de vous épargner une course.

Si vous obtenez les stalles pour le premier jour, je n'ai pas de recommandation à vous faire pour le second. Si vous ne les avez pas, j'espère qu'on ne vous refusera pas une loge pour le lendemain, que vous laisseriez également chez le concierge avec la même recommandation. J'écris aux personnes à qui je destine ces places, de vouloir bien les envoyer prendre au théâtre.

Quand la pièce sera imprimée, si elle l'est, vous pourrez m'envoyer les épreuves que je me chargerai bien volontiers de corriger ; il n'est pas juste que toute la peine retombe sur vous. C'est bien le moins que je prenne celle qui n'est pas incompatible avec mon état ; puis, si vous voulez, quand elles seront en état, vous viendrez les chercher. Ce sera une occasion de venir me voir.

J'attends que vous soyez débarrassé de tous ces tracas pour vous parler de Boulé. Parlons pour aujourd'hui des garçons de théâtre et des machinistes, car si le succès est douteux, les bouquets ne le sont malheureusement pas. Vous voudrez bien agir pour nous deux, et, si vous ne remettez pas d'argent, faire un bon collectif. Ces recommandations faites, le sort de ma pièce ne me regarde plus ; c'est l'affaire des Dieux : *cætera Deorum sunt.*

Si vous vous décidez à venir me voir, vous avez, outre le chemin de fer de Lyon, dont vous trouverez partout les heures de départ, et le bateau à vapeur dont le trajet est trop long pour que je vous en parle, des voitures qui vont par le chemin de fer de Corbeil et qui font la route en deux heures un quart. Elles ne coûtent que 2 fr. 30 au lieu de 3 fr. 50 que coûtent les secondes places du chemin de Lyon et de 2 fr. 60 que coûtent les troisièmes, il est vrai qu'on perd plus de temps. On les prend rue Saint-Martin, au Petit-Saint-Martin, non loin du Conservatoire des Arts-et-Métiers. Je ne sais pas les heures, mais il vous sera facile de les savoir.

Je vous ai dit, je crois, qu'il me serait impossible d'aller à Paris pour ma première ; vous feriez une bonne œuvre de venir me voir le lendemain ou le surlendemain, et de m'apporter des nouvelles impartiales, si faire se peut, et aussi éloignées de l'optimisme de Brisebarre que du pessimisme auquel vous êtes naturellement enclin ; en un mot, la vérité vraie.

Je termine là cette lettre qui a été interrompue par une visite de Tattet. J'ai en perspective pour cet après-midi une lotion froide et un demi-bain froid ; il est trois heures et il faut que tout cela soit fait avant le dîner.

Mille choses à Mme d'Avrecour et à vos mineurs, et croyez que je suis, en maladie comme en santé,

Votre tout dévoué,

F. ARVERS.

J'ai écrit à Monval pour les noms.

LA MORT DU POÈTE

Le 25 octobre 1850, Arvers, de retour à Paris, et de plus en plus malade, quittait son domicile de la rue Neuve-Saint-Nicolas pour entrer à la maison municipale de santé (hospice Dubois), qui portait alors, sur la rue du Faubourg Saint-Denis, le n° 110. Il y était installé au 3me étage, dans la chambre n° 7, dont le prix était de 4 fr. par jour.

On constata qu'il était atteint de rhumatismes qui, remontés au cœur, l'emportèrent. Il fut soigné par un des médecins de l'établissement, M. le Dr Duméril.

Il avait donné comme correspondant s'intéressant à lui, M. Poullain, Philippe-Isidore-Emmanuel, corroyeur, rue du Faubourg Saint-Martin, 94, dont les successeurs ont une tannerie à Sens, dans le département qui fut le berceau de la famille maternelle du poète.

Ce fut au fils de ce correspondant, M. François-Emmanuel Poullain, alors âgé de quinze ans, que, par son testament olographe du 1er mai 1850, déposé le 8 novembre suivant à Mᵉ Mouchet, notaire à Paris, il légua ce qui lui restait de son modeste patrimoine.

M. Abel d'Avrecour, dans la *Revue rétrospective* déjà citée du 15 décembre 1869, a raconté sur les derniers instants du malheureux homme de lettres l'anecdote suivante :

Depuis deux jours l'agonie avait commencé, agonie silencieuse où le moribond n'ouvrait pas la bouche pour dire une parole. Le matin même du jour qui devait être celui de sa mort, deux femmes de service, dans une pièce éloignée, causaient : « C'est là-bas, disait l'une, au bout du *colidor.* » De son lit, Arvers entend le mot, se redresse à demi sur son séant et, de sa voix la plus forte : « On ne dit pas *colidor*, mais *corridor.* » Depuis, on ne put lui arracher une parole.

Le *Figaro,* dans son supplément littéraire du 1er août 1892, a publié, à la suite de notre réponse à une question sur la personnalité d'Arvers, quelques renseignements dont M. Roger d'Avrecour s'est fait l'éditeur responsable. En voici un qui ne manque pas d'originalité :

Le grand poète fut un légitimiste ardent. Je tiens l'anecdote suivante de mon père qui la tenait lui-même du seul et unique témoin. Toujours au même hospice Dubois, l'abbé X... était venu lui apporter les derniers secours de la religion. La confession terminée, le prêtre lui demanda s'il n'avait plus rien à ajouter. — « Pardon, mon père, dit Arvers, j'allais oublier le plus gros péché de mon existence, celui qui m'a pesé toute ma vie sur la conscience. »

Et devant la mine effarée à juste titre de l'ecclésiastique, il reprit : « J'ai dit un jour du mal de Charles X ! » Et l'abbé, le célèbre abbé X .., était un libéral à tous crins; Arvers avait conservé son ironie satirique jusqu'aux affres de la mort !

Quatorze jours après son admission à la maison municipale de santé, Arvers rendait le dernier soupir. L'acte qui constate son décès et où l'ordre de ses prénoms est interverti, est ainsi conçu :

5e arrondissement de Paris, année 1850.

L'an *mil huit cent cinquante*, le huit *novembre*, deux heures, acte de décès de Félix-Alexis Arvers, *décédé de la veille*, quatre heures du soir, à la maison de santé, rue du Faubourg Saint-Denis, n° 110, âgé de quarante-quatre ans, homme de lettres, né à Paris, y demeurant rue Neuve-Saint-Nicolas, n° 58, célibataire, sans autres renseignements, sur la déclaration faite à nous, maire, officier de l'état-civil du cinquième arrondissement de Paris, par les sieurs François Barré, âgé de 61 ans, et Nicolas Not, âgé de 62 ans, employés à ladite maison de santé, qui ont signé avec nous après lecture. Signé : Barré, Not, et Delore, adjoint.

Délivré conforme au registre par nous, maire du 5e arrondissement de Paris, le 20 novembre 1850. Signé : A. Dubail, adjoint.

Expédié et collationné (signé) Mouchet, notaire à Paris.

Admis par la commission, loi du 12 février 1872. Le membre de la commission, signé : Vian.

Pour expédition conforme.

Paris le trente juillet mil huit cent quatre-vingt-cinq. Le secrétaire général de la préfecture.

Pour le secrétaire général, le conseiller de préfecture délégué (signé) Laty.

Vu par nous, juge, pour la légalisation de la signature de M. Laty, pour empêchement de M. le président du tribunal civil de première instance de la Seine. Paris, ce 31 juillet 1885, (signé) F. Blanc.

Les obsèques eurent lieu le dimanche 10 novembre 1850, à huit heures et demie du matin, en l'église Saint-Laurent, paroisse du défunt. On avait pris un convoi de 5me classe qui coûta environ 500 francs. La réunion était à la maison de santé.

Une note parue la veille dans *les Débats* contenait entr'autres les avis suivants :

M. F. Arvers, homme de lettres, grand prix d'honneur de 1824, dont quelques journaux avaient prématurément annoncé la mort, a succombé hier (lisez avant-hier), à la maison de santé, faubourg Saint-Denis, 110.

Ceux de ses nombreux amis qui n'auraient pas reçu de lettre de faire part, sont priés de considérer le présent avis comme une invitation.

Les anciens élèves de l'institution Massin sont priés, au nom de leur Comité, de vouloir bien assister aux funérailles de leur cher et malheureux camarade.

Le *Moniteur,* le *Constitutionnel* et le *Siècle* firent paraître, comme les *Débats,* une notice indiquant sa maladie, sa mort, le jour et l'heure de son enterrement. Nous avons compulsé tous les autres journaux, espérant y découvrir quelques renseignements tels que biographie, détails sur la cérémonie, discours, etc. Nous n'avons rien trouvé.

Quant à l'Annuaire de la Société des auteurs dramatiques, il n'y fallait pas songer, puisqu'il n'a été fondé qu'en 1866.

Tout fait supposer que l'ancien lauréat du Concours général, l'auteur du sonnet chef-d'œuvre, fut enterré comme un simple mortel. C'est du moins ce qui résulte de recherches obligeamment faites par Albéric Second, de regrettée mémoire, dans les archives de la Société des auteurs dramatiques.

Il nous semblait au premier abord que Félix Arvers avait dû être inhumé à Paris. Nos recherches demeurant infructueuses, nous dûmes nous retourner vers la petite ville de Cézy (Yonne) et, le 9 juillet 1885, M. Callé, secrétaire de la mairie de cette commune, avait l'obligeance de nous écrire une lettre dont nous reproduisons cet intéressant passage :

D'après les nouveaux renseignements que j'ai recueillis et dans le but de vous être agréable, j'ai fait gratter les pierres tumulaires du cimetière dont l'inscription était à peine lisible. Ce petit travail m'a permis de constater que M. Félix-Alexis Arvers, décédé à Paris le 8 (1) novembre 1850, a été *inhumé à Cézy*.

Il repose, d'après cette lettre, auprès de son père et de sa mère ; à côté se trouve la tombe de M. Jean-Baptiste-Alexis-Joachim Vérien, son aïeul maternel.

« Et pour donner — a écrit Théodore de Banville (2) — une récompense royale et divine à celui qui l'avait si ardemment aimée, la Muse voulut qu'à jamais vécût et brillât sur la tombe du poète cette fleur délicate et précieuse que rien ne peut faner, le rare, l'inimitable, le délicieux sonnet que caressent les larmes de la

(1) Le *sept*, en réalité.

(2) Introduction à l'édition de 1876 de *Mes heures perdues*.

rosée et les baisers de la lumière vermeille, celui que les amants appelleront à jamais *le Sonnet d'Arvers.* »

C'est la seule fleur, hélas ! mais aussi c'est la plus enviable, qui demeure et demeurera toujours sur son tombeau, fleur invisible d'ailleurs au commun des mortels.

LE PHYSIQUE D'ARVERS

Nous avions interrogé au sujet de Félix Arvers le souvenir personnel de deux sociétaires retraités de la Comédie-Française, qui jouaient dans le *Second Mari*. Cette indiscrétion nous a valu les réponses suivantes :

Geffroy écrivait de Nemours (Seine-et-Marne) le 11 août 1885 :

Monsieur,

Je regrette de ne pouvoir vous donner des renseignements intéressants et précis sur M. Arvers, homme de lettres. Mes souvenirs sont bien éloignés et je n'y trouve pas grand chose.

Il me reste ce souvenir.

Il était bien et distingué de sa personne, assez grand, les yeux fins et doux, les cheveux abondants et frisés.

Et par dessus un esprit charmant.

Je regrette de ne pouvoir vous donner d'autres renseignements. Il y a si longtemps que j'ai quitté le théâtre et Paris, où je n'ai presque plus de relations.

Recevez, etc. GEFFROY.

Mme Denain nous faisait l'honneur de son côté de nous adresser le 29 août 1885, de Deauville (Calvados), ces quelques lignes :

Chalet des Rosiers.

Monsieur,

J'étais en voyage et votre lettre m'arrive à la mer où je suis depuis quelques jours. Je regrette infiniment de ne pouvoir compléter les détails que vous donne mon camarade Geffroy sur Monsieur Arvers. Ses traits sont absolument sortis de ma mémoire. Son aspect aimable, brillant et sympathique est le seul souvenir qui me soit resté ! Excusez 40 années passées !

Recevez, etc.

E. Denain.

Un des parents d'Arvers nous a indiqué que le poète était brun et d'une figure agréable.

Enfin, M. Abel d'Avrecour, le savant fils du collaborateur de Félix Arvers, nous a fort obligeamment fourni les détails suivants :

« Personnellement, je vois encore très bien Arvers dans mes souvenirs d'enfance et il m'avait assez frappé pour que je ne pusse l'oublier. Arvers était un très élégant cavalier, d'une toilette très raffinée qui allait bien à sa tête pleine de caractère. Très brun, il portait toute la barbe assez courte, les cheveux assez longs à la mode de son temps, et au cou le monocle carré des dandies, mais dont il ne se servait guère. »

Le Livre, à la page 37 de sa bibliographie ancienne, livraison du 10 février 1888, a publié le portrait du poète qu'un amateur laonnois, aussi obligeant qu'érudit, M Brismontier, avait bien voulu nous faire communiquer.

Le dessin original figure dans l'album de M. A. Jal, de Vernon (Eure).

Cet album contient, paraît-il, les portraits de presque toutes les personnes qui fréquentaient les salons de M. Guyet-Desfontaines. Celui d'Arvers est attribué à Giraud. Au-dessus du portrait est inscrit *à revers* le prénom *Félix*, et cette disposition des lettres fait venir le jeu de mots à la pensée et deviner le nom patronymique du modèle.

LES CRITIQUES ET LES BIOGRAPHES

Nous avions essayé, en 1886, d'amener la lumière sur cet écrivain de talent que, par un singulier concours de circonstances, tous ses biographes avaient à peine fait connaître à leurs lecteurs, et sur le compte duquel ils s'étaient plus ou moins trompés.

C'est ainsi que Jules Janin, après avoir, en sa qualité de critique dramatique, suivi Arvers dans toute sa carrière littéraire, n'en fait pas moins mourir l'auteur des *Heures perdues* à vingt ans, « au moment où il allait prendre sa place au soleil. »

A l'inverse, Blaze de Bury le fait vivre un demi-siècle, le gratifiant ainsi gratuitement de six années d'existence en plus que la réalité.

Nous avons dit que le savant critique avait consacré à notre héros, dans la *Revue des Deux-Mondes* du 1er février 1883, tout un article. Il a pour titre : « Le poète Arvers à propos du « Roi s'amuse ». En 1888, Blaze de Bury, dans la *Revue internationale*, est revenu incidemment à Arvers, à propos des souvenirs qu'il consacrait à Alfred de Musset. Nous ne saurions mieux faire que de le citer textuellement :

Je voudrais introduire épisodiquement dans ces souvenirs sur Musset la figure trop éclipsée d'un poète qui fut, à mon sens, son Sosie ; tout le monde connaît le sonnet d'Arvers, et presque personne aujourd'hui ne connaît Arvers, et cependant le poète Arvers vaut mieux que le sonnet d'Arvers.

Infinie en ses variétés, en ses ébauches, la nature ne s'arrête pas ; pour un type qu'elle réussit, elle en rate vingt.

A cette époque des *Contes d'Espagne,* Musset eut un Sosie dans le poète des *Heures perdues.* Elève brillant, très couronné du collège Charlemagne, prix d'honneur au concours de 1824, il se destinait à l'enseignement (1) quand les courants nouveaux l'emportèrent au tourbillon qui le prit, le roula et l'engloutit. Sa carrière fut un peu celle de Musset à qui, du reste, il ressemblait aussi par son talent.

Leurs instincts d'artiste, de viveur, les rapprochaient ; ils se cotoyèrent sans se lier. L'ombrageux Musset n'aimait point les gens faits à sa ressemblance : physionomiste excellent et très scrutateur sous une indifférence affectée, s'il reconnaissait en vous, même de loin, l'étoffe d'un rival, il vous disait haut : « Touchez là ! » et les yeux baissés, roulant sa cigarette, se disait, à lui, *in petto* : « Toi, mon garçon, tu n'auras jamais ma sympathie. »

(1) Nous croyons avoir établi tout le contraire.

C. G.

Arvers fit les avances et Musset n'y répondit pas. Avec ces natures hypernerveuses, on ne sait jamais où la susceptibilité peut aller. Ce qu'il y a de certain, c'est que le poète des *Contes d'Espagne* avait échoué quelque temps auparavant dans un poème très médiocre intitulé : *Les Derniers instants de François Ier*, et que Félix Arvers venait justement de frapper un coup d'éclat avec le même sujet, en publiant *la Mort de François Ier*.

. . . .

Musset se répandait à tous propos en impromptus burlesques dans le goût de la *Ballade à la Lune* ; il en semait sur tous les refrains du jour et souvent sur l'air du *Menuet d'Exaudet,* et vous les soufflait au nez dans une bouffée de tabac. A qui n'a-t-il fredonné de la sorte sa jolie romance : *Un soir à la chaumière.....*

Causant avec un ami de cette espèce de Sosie, dont le nom seul l'importunait, il trempa sa plume dans l'encre et sur une de ces grandes feuilles de papier écolier, où sa copie aimait à s'espacer, il traça de sa plus belle main ce quatrain calligraphique qui résume toute cette discussion :

C'est moi l'étoffe,
O philosophe,
Et ton Arvers
N'est que l'envers.

A son tour, M. Philibert Audebrand, dans la *Revue de Paris et de Saint-Pétersbourg*, du 15 mars 1888, a tracé d'Arvers un portrait très littéraire, très piquant et suffisamment ressemblant. Nous saisissons cette occasion de remercier le spirituel et fécond chroniqueur des lignes beaucoup trop indulgentes qu'il a bien voulu consacrer à nos recherches sur le poète.

Pour nous résumer, et en ajoutant à cette courte nomenclature l'article inséré dans le deuxième supplément du Dictionnaire de Larousse, celui paru dans la Grande Encyclopédie Lamirault, tome IV, sous la signature du savant M. Maurice Tourneux, une chronique piquante de M. Adolphe Brisson dans le *Figaro* du 2 septembre 1896, une plaquette récente de M. Louis Aigoin, et antérieurement, à toutes les autres, l'étude consacrée à Félix Arvers par Charles Asselineau (1), voilà en somme ce qui a été publié à notre connaissance, en dehors de nos travaux personnels, sur l'auteur du célèbre sonnet.

(1) Mélanges tirés d'une petite Bibliothèque romantique, 1 vol. in-8°, Paris, Réné Pincebourde, 1866, Felix Arvers, p. 37 à 42.

CONCLUSION

Une qualité maîtresse a dû manquer à Arvers, c'est la persévérance. Après ses triomphes du collège, il n'a pas su mener jusqu'au bout ses diverses entreprises. Droit, notariat, poésie, il a tout laissé en route, sans devenir même un vaudevilliste d'un talent incontesté.

La mort l'a pris à temps, car étant donné le peu de ressources pécuniaires qui lui restaient encore, sa santé chancelante, et les profits médiocres qu'il tirait de ses ouvrages dramatiques, il était voué fatalement à une vieillesse difficile et besogneuse.

Il est mort assez tôt pour ne pas éprouver ces tristesses, assez tard pour avoir pu donner la mesure entière de ses facultés, et son nom, porté sur les ailes de son incomparable sonnet, est assuré de vivre à jamais dans la mémoire des hommes.

Toutefois, par un inconcevable oubli, Félix Arvers n'a même pas, dans ce Paris où il est

8

né, une plaque de marbre qui rappelle officiellement son nom et qui indique la maison où il a reçu le jour ; il faudra sans doute, pour la réparation d'une aussi criante injustice, l'initiative d'un véritable et sincère ami des Muses, comme auraient dit nos pères.

Nous nous permettons, dans tous les cas, de signaler cet oubli à l'édilité parisienne.

PIÈCES JUSTIFICATIVES

A et B. *Annales des Concours généraux*, ou Recueil des discours latins, discours français et vers latins, couronnés, en rhétorique, aux concours généraux de l'ancienne et de la nouvelle Université ; ouvrage dédié à MM. les Professeurs et à MM. les Élèves des classes supérieures. Paris, Brédif, libraire-éditeur, boulevard des Italiens, n° 19 ; Maire-Nyon, libraire, quai Conti, n° 13, 1825.

A. Discours latin

Concours de 1824. Prix d'honneur. Arvers, élève du collège Charlemagne, institution Massin.

Muretus Gallus, Summi Pontificis nomine, in Basilicâ Vaticanâ, Joanni Austriaco navalem ad Naupactum victoriam gratulatur.

Quoniam singulari quâdam Dei benignitate illud datum est ut te impiæ gentis victorem Christiani hodiernâ die aspicerent, nullus ad persolvendas grates amplior, nullus accommodatior locus visus est quàm urbs illa veræ religionis sacrarium ac domicilium, ità ut, quùm propter religionem viceris, ipsa te remuneretur religio, atque eadem vincendi causa et merces esse videatur. Quùm igitur tanta et tàm præclara tua in christianam fidem merita novum aliquid et inusitatum præmium desiderarent, ne illi fortitudini nullâ humanâ mente, nullis humanis artibus incitatæ quidquam humani sufficeret, ipse me omnipotentis Dei vicarius ad te misit, ut victoriam illam tibi gratularer quæ non minùs ad gloriam Dei quàm ad hominum salutem contulerit. Nec, ut opinor, minima futura est laudi tuæ accessio, quòd ea victoriæ tuæ conditio sit, ut pacis amantissima illa nostra religio atque ab omni bellorum feritate abhorrens, triumpho tamen tuo lætari se profiteatur.

Atque ego, quò magis quot et quanta istâ victoriâ perfeceris mecum ipse considero, eò digniorem te arbitror cui insolitas istas grates Summus Pontifex decreverit. Quùm enim illa sit christiana religio quæ rudes barbarorum animos et insitam crudelitatem mitigaverit, omne dominorum aut servorum discrimen sustulerit, et, circumlatâ crucifixi Dei imagine, omnes ad unum idemque jus vocaverit ; quùm autem ii sint hostes immanissimi qui, omnium gentium prædones atque orbi universo infensi, captivum quemque ad mortem aut ad remigium adigant et sanguineos ritus ferro tantùm propagare conentur, quis est qui miretur eum, qui perpetuam humani generis pestem ità afflixit ut recreari nunquàm posse videatur, solemnibus gratiis exceptum atque omni laudum genere fuisse amplificatum ? Neque enim te gentis tantùm tuæ ultorem quisquam crediderit : quidquid perfidè, quidquid crudeliter non in tuos modò, sed in omnes omnium gentium populos, non in præsens tantùm, sed ex omni retrò antiquitate illi consuluerunt, unâ eâdemque præclarissimâ victoriâ ultus es. Quòd si igitur triumphi illius in omnes gentes beneficium protenditur, quis meliùs quàm qui à Deo gentium omnium tutelam accepit et patrocinium, dignas grates et merito ipsi congruas persolvere unquàm poterit ?

Ille nempè litterarum amans, doctrinarum infensissimos hostes profligari lætatur : lætatur illa religio quæ disciplinarum omnium Europæ auctor, tanquàm futuram felicitatem asserere parùm esset, solatia in præsens et ornamenta comparavit ; quæ, postquàm fœdâ illa nocte in quâ tandiù jacuerat, Europa, expulsis barbaris, expergisci aliquandò visa est, quidquid immani diluvio superfuerat, collegit; veterum monumenta à barbaris deformata ad pristinum splendorem revocavit, ità ut litterarum mater appellari possit. Quale igitur gaudium esse arbitraris, quùm istos bonarum artium expertes, imò eversores cœsos aspiciat ! Scilicet aderat Deus ad quem maritimæ victoriæ pars est referenda ; indignatus est istos disciplinis omnibus impares usquè ad doctrinarum monumenta manus porrigere. Non enim illa est divina religio quœ tenebris gaudeat, quæ ingenii acumen reformidet; quùm eam contrà quantò quis doctior, tantò acriùs diligat atque complectatur. Id egisti, fortissime dux, ut barbaros istos flammâ ferro que accinctos antiquas illas œdes bonarum artium quasi domicilium funditùs evertere nunquàm posteà videamus, et quemadmodùm agri ab insatiabili aviditate, sic et disciplinarum monumenta immani furore prohibeantur.

Sed quid litteras loquor, quasi non majores atque ampliores fructus Victoria illa attulerit ? Quæ, jàm Oriente subacto, usquè ad nos processuram infanda religio minitabatur, armis tuis repressa, in latebras suas, tanquam fera, compulsa est. Ab istorum impetu, imò etiàm à contactu istorum tuti, quod omnibus semper votis efflagitavimus, per te tandem exsequi possumus. Non enim finibus Europæ continetur nostra religio, nec eam uni tantùm populo peculiarem esse Deus voluit.

Capit nempè quidquid orbis universus complectitur : quamvis autem omnibus populis debitam ad extremos terrarum fines illam propagare dudùm arderemus, obstabat impius istorum furor itineri nostro objectus. Per te autem sublatus ille metus, dux fortissime, qui non modò nostra ab eorum incursionibus servavisti, sed istos è suis ejectos ad antiquam sedem pepulisti. Patet ad Orientem, patet ad Christi sepulchrum via ; quod tanto militum apparatu, tàm multis præliis reges potentissimi nunquàm olim potuerunt, id tu non ità magnâ militum copiâ, unâ pugnâ perfecisti. Quùm autem mecum ipse reputo quibus in locis memorabilis illa pugna commissa fuerit, orbi fatale illud mare arbitror. Sed non, ut Achaiâ pugnâ, uter tyrannus orbi imperitaret, sed uter, Christus ne an Mahumetus, omni mundo dominaretur Naupactinâ pugnâ dijudicatum est.

At tu, summe Deus, qui præclaram laudem duci fortissimo tribuisti, da pergere quod cœperit ; nondùm enim facta sunt quœ maximè desiderantur : ut fieri possent ille tantùm effecit, nec illà orsus est ut in medio veluti opere subsistat. Non satis est futuros vix primùm furores in omne posterum retentos ac prohibitos esse, nisi præterita furoris monumenta aboleantur.

Respice, fortissime dux, templa illa olim, præsente Deo, plena atque opulenta, nunc nefandis barbarorum sacris violata, vasa ad indignos usus reducta, sanctorum sepulchra impiorum pedibus proculcata. Quousquè istius spectaculi deformitatem tolerabis ?

Piaculo egent polluta et profanata illa omnia : quin accingeris et cùm hoc vexillo, quo duce parta olim romano imperatori victoria, templa illa expiare properas ? Ad priscum decus, ad antiquam majestatem revocentur sacratœ illœ Deo omnipotenti œdes ; agnoscant Christiani salutem suam, Barbari terrorem, aut si virium periculum facere iterùm audent, hoc signo semper Christianos vincere experiantur !

Traduction (1)

Le Français Muret, au nom du Souverain Pontife (Pie V), adresse à Don Juan d'Autriche, dans la Basilique du Vatican, des félicitations sur la victoire navale de Lépante (1571).

Puisque, par une faveur insigne du Très-Haut, il a été donné aux Chrétiens de vous voir en ce jour, vous, le vainqueur d'une nation impie, nul lieu ne leur a paru ni plus vaste, ni plus propre à des actions de grâces, que cette ville où la vraie religion a son sanctuaire et sa demeure. Par suite, comme vous avez été victorieux pour la religion, c'est la religion elle-même qui doit vous récompenser et elle apparaît ainsi comme la cause et le prix de la victoire. Et comme tant et de si illustres services, par vous rendus à la foi chrétienne, réclamaient une récompense nouvelle et inusitée, de peur que cette valeur que nul esprit humain, que nuls moyens humains n'avaient stimulée, ne gardât quelque chose de l'humanité, c'est le Vicaire lui-même du Dieu tout puissant qui m'a envoyé vers vous pour vous féliciter de cette victoire qui n'aura

(1) La traduction est l'œuvre de l'auteur de cette étude.

pas moins contribué à la gloire de Dieu qu'au salut des hommes.

A mon avis, et ce ne sera pas le moindre des titres qui dans l'avenir ajouteront à votre gloire, la nature même de votre victoire est telle que notre religion, amie fervente de la paix et à qui toute la barbarie des guerres fait horreur, peut cependant proclamer la joie que lui cause votre triomphe.

Pour moi, plus je considère que de choses et combien grandes vous avez accomplies par cette victoire, plus je vous trouve digne de ces actions de grâce inusitées que le Souverain Pontife a décrétées pour vous. Si l'on met, en effet, en parallèle, d'un côté, cette religion chrétienne qui adoucit les âmes grossières et la cruauté innée des barbares, qui efface toute différence entre les maîtres et les serviteurs, et qui, portant partout l'image d'un Dieu crucifié, appelle les hommes sans exception à une seule et même justice ; de l'autre ces ennemis, du naturel le plus farouche, qui, spoliateurs de toutes les nations, hostiles à l'univers entier, condamnent chaque captif à la mort ou aux galères, et s'efforcent de propager uniquement par le fer des rites sanguinaires, qui donc s'étonnerait de voir accueilli par de solennelles actions de grâces et comblé de toutes sortes d'éloges celui qui a maltraité ce fléau perpétuel du genre humain, à ce point qu'il semble ne pouvoir jamais en guérir ? Et l'on ne doit pas même voir seulement en vous le vengeur de votre nation ; toutes les perfidies, toutes les cruautés que ces ennemis avaient exercées, non pas seulement envers vos compatriotes, mais encore envers tous les peuples de toutes les contrées, non pas seulement dans le présent, mais dès l'antiquité la plus reculée, vous en avez tiré vengeance d'un seul coup et par la plus éclatante des victoires.

Si donc le bénéfice de ce triomphe s'étend à toutes les nations, qui mieux que celui à qui Dieu a confié leur tutelle et leur protection, pourra jamais vous louer dignement et dans la mesure de vos mérites ?

C'est qu'en effet cet ami des lettres se réjouit de la défaite des ennemis les plus acharnés de tous les genres d'instruction ; c'est qu'elle s'en réjouit aussi, cette Église qui a discipliné l'Europe ; qui, non contente d'affirmer la félicité future, est à la fois la consolation et la parure du temps présent ; qui, après que l'Europe eut semblé, par l'expulsion des barbares, s'éveiller enfin de la nuit honteuse où elle avait été si longtemps plongée, rassembla tout ce qui avait échappé à ce terrible déluge, et qui, ramenant à leur antique splendeur les anciens monuments mutilés par les barbares, mériterait bien d'être appelée la mère des belles-lettres. Vous devez donc vous figurer quelle joie elle éprouve en voyant la défaite de ceux qui étaient non seulement étrangers, mais hostiles à toute civilisation. Ah ! c'est que Dieu était là, Dieu à qui il faut reporter une part du gain de ce combat naval, Dieu qui s'était indigné de voir ces hommes, incapables de comprendre aucune science, étendre les mains jusque sur les monuments de tous les genres d'instruction. Car elle ne se plaît point dans les ténèbres, cette religion divine, et elle ne redoute pas l'aiguillon de l'esprit. Au contraire, plus un homme est instruit, plus vivement il l'aime et embrasse ses doctrines. Vous avez réussi, général, par votre très grand courage, à nous éviter de voir à l'avenir ces barbares, la flamme et le fer à la main, renversant de fond en comble ces antiques monuments où les beaux-arts avaient pour ainsi dire élu domicile. Et, de même que les champs seront désormais préservés de leur insatiable avidité, ainsi les monuments de la civilisation échapperont, grâce à vous, à leur fureur sauvage.

Mais que parlé-je des belles-lettres, comme si cette victoire ne devait pas nous apporter des avantages plus importants et plus étendus ? Cette religion sans nom qui, déjà victorieuse de l'Orient, menaçait de s'avancer progressivement jusqu'au milieu de nous, repoussée par vos armes, a dû, comme une bête féroce, rentrer dans ses repaires. Protégés contre les assauts et même contre le contact de ces barbares, nous pouvons enfin, grâce à vous, poursuivre ce que nous avons toujours appelé de tous nos vœux. C'est qu'en effet notre religion n'a pas l'Europe pour limite et que Dieu ne l'a pas voulue spéciale à un seul peuple. Elle comporte tout ce que l'univers entier peut embrasser. Mais, bien que depuis longtemps nous eussions l'ardent désir de propager aux extrémités de la terre cette religion à laquelle toutes les nations ont des droits, la fureur de ces impies mettait obstacle à notre marche. C'est vous, illustre général, qui nous avez délivrés de cette crainte, non-seulement en sauvant nos biens de leurs incursions, mais en repoussant jusque dans leur pays d'origine ces peuplades que leurs compatriotes avaient chassées loin d'eux. La route est ouverte vers l'Orient, elle est ouverte vers le tombeau du Christ ; ce que les rois les plus puissants n'avaient pu faire jadis, en armant tant de soldats et en livrant tant de combats, vous l'avez accompli avec des forces militaires moins considérables et par une seule bataille. Et quand je songe en quelles contrées s'est livré ce combat mémorable, il me semble que cette mer est fatale aux destinées du monde. Mais tandis que dans la bataille d'Achaïe il s'agissait de savoir quel tyran serait le maître de l'univers, la bataille de Lépante a décidé lequel des deux, du Christ ou de Mahomet, régnerait par toute la terre.

Et toi, Dieu du ciel, qui as couronné d'une gloire éclatante un chef courageux entre tous, fais qu'il achève ses entreprises ; ce qu'il désire le plus n'est pas, en effet, accompli encore. Il l'a rendu seulement possible et il n'a pas commencé son œuvre pour s'arrêter presque au milieu de sa tâche. Ce n'est pas assez d'avoir à peine et tout d'abord arrêté pour l'avenir et empêché les fureurs, si l'on n'abolit pas les monuments des fureurs dans le passé. Regardez, vaillant général, ces temples lointains, jadis remplis et enrichis par la présence de Dieu, aujourd'hui souillés par le culte abominable des barbares, ces vases sacrés abaissés à d'indignes usages, les tombeaux des saints foulés aux pieds par les impies.

Jusques à quand tolérerez-vous la honte de ce spectacle ?

Toutes ces souillures et ces profanations réclament une expiation. Que ne ceignez-vous votre épée et, à l'ombre de cet étendard qui guidait jadis l'empereur romain à la victoire, que ne vous hâtez-vous d'aller purifier ces temples ?

Que ces édifices consacrés au Dieu tout-puissant soient rendus à leur ancienne gloire, à leur antique majesté, que les Chrétiens reconnaissent qu'ils sont sauvés et que les Barbares tremblent ; ou bien, si ces derniers osent courir les hasards d'une nouvelle bataille, qu'ils constatent que les Chrétiens sont toujours vainqueurs avec cet étendard !

B. Discours français

Concours de 1824. Premier prix, Arvers, élève du collège Charlemagne. Institution Massin.

Éloge funèbre de Pertinax, prononcé devant le peuple romain par Septime Sévère.

Romains, lorsqu'autrefois un prince avait rendu la paix au monde, lorsque l'empire trop longtemps en proie aux dangers de la guerre commençait à respirer de ses terribles secousses, le Sénat et le peuple allaient lui rendre de solennelles actions de grâce, et priaient les Dieux de conserver à Rome celui qui semblait destiné à faire son bonheur. Aujourd'hui la paix a de nouveau fait oublier à l'univers les malheurs dont il fut la victime ; les portes de Janus, fermées enfin, après tant de désastres, assurent à Rome la paisible possession de cet empire que lui promettaient les destins.

Mais où est-il celui que Rome doit remercier d'avoir rendu le repos à la terre ?

Couché sur un lit funèbre, au lieu d'un triomphe, il ne nous demande qu'un tombeau ; au lieu d'actions de grâce, il ne nous demande que des larmes. Et moi, à qui sa valeur et ses vertus imposent le double devoir de le venger et de l'imiter, au moment où vous allez pour toujours vous séparer de ses restes inanimés, qu'il me soit permis de m'acquitter d'un devoir sacré ; qu'il me soit permis de rendre un dernier hommage à sa cendre, et de tromper un instant notre douleur en rappelant ses vertus, quand nous ne pouvons plus admirer ses exemples.

Elevé malgré lui au pouvoir suprême, et dans cet âge où la prudence n'a plus rien à attendre des années, il avait connu les tyrans, il voulut les faire oublier. Romains, voyez ce Capitole ; c'est là qu'il allait prier Jupiter de jeter un œil favorable sur la ville de Romulus ; c'est là, c'est au milieu des grandes images de Scipion, d'Antonin et de Trajan, qu'il allait chercher les inspirations du courage et de la vertu, et qu'il tâchait d'élever son âme à la hauteur de leur génie. Ce palais d'où le farouche Caligula sortait pour promener dans tout l'univers ses terribles folies, vit un prince qui faisait oublier par sa franchise la perfidie de Tibère, par sa frugalité les excès de Vitellius, par sa clémence les cruautés de Commode. La proscription n'était plus le prix de la vertu, et l'exil commençait à devenir une honte.

Répondez, sujets de Marc-Aurèle, vous qui avez survécu aux fureurs de son fils, vous avez vu renaître ces jours heureux où Rome, respectée des nations, jouissait enfin d'une paix achetée par huit siècles de triomphes.

N'alliez-vous pas tous les jours rendre grâces aux Dieux immortels, qui semblaient remettre sous leur protection une ville qu'ils avaient abandonnée à la merci de ses tyrans ? Vous vous félicitiez d'être Romains et vous bénissiez celui dont les vertus montraient à l'Empire que Trajan et Marc-Aurèle n'étaient pas morts tout entiers.

Le Sénat lui-même recouvrait son ancienne splendeur. Il s'assemblait pour délibérer, et non pour flatter un maître. On ne voyait plus des Romains avilis épuiser pour un monstre toutes les ressources de la plus basse adulation.

Ce n'étaient plus ces pâles Sénateurs qui allaient servir de jouet aux farouches caprices d'un tyran. Le Sénat osait en présence de l'Empereur s'occuper des intérêts de l'Empire ; la vertu longtemps étouffée renaissait dans tous les cœurs ; c'était encore une assemblée de rois. Les barbares, qui, sur la foi de nos malheurs, avaient voulu venger leurs anciennes défaites et envahir notre territoire, ont été repoussés loin des bornes de l'Empire, et de nouveaux Germanicus ont été demander compte aux Germains de leur victoire. On ne voyait plus un empereur trafiquer de la paix avec les barbares et monter au Capitole pour remercier les Dieux de la honte de sa patrie. Grâce à la sagesse du prince, la fortune publique ne se ressentait plus des fureurs et de l'insatiable avidité des tyrans : le génie d'un seul homme suffisait au bonheur de l'Empire.

Mais, hélas ! ce bonheur fut court. Nous avons vu ce vertueux Empereur, le corps percé de coups, étendu sur les degrés de son palais.

Quelle main sacrilège a plongé le poignard dans le sein du meilleur des princes ? Les barbares auraient-ils voulu venger sur Pertinax l'ignominie de leurs défaites ? Ce sont des Romains qui ont pris soin de leur vengeance, et qui ont voulu faire expier à l'Empereur son courage et ses vertus. Farouches prétoriens, accoutumés à décider du sort de l'Empire, vous espériez trouver dans Pertinax un vieillard dont la faiblesse n'oserait rien refuser à votre avarice. Vous l'aviez fait Empereur, mais c'était pour régner vous-mêmes.

Elevé sur le trône des Césars, il a voulu commander, et vous avez juré sa ruine ; il s'est fait craindre des ennemis, respecter des alliés, adorer des Romains, et vous l'avez tué ! Mais c'était peu ; après avoir déchiré l'Empire, ils l'ont mis à l'enchère, et Didius Julianus leur a paru assez riche pour devenir le maître du monde. Mais où est-il ce maître qu'ils se sont donné ?

Ils savent tuer les empereurs, et ne savent pas les défendre.

Vous frémissez, Romains, et vous demandez leur supplice. Voyez ces drapeaux, reconnaissez ces enseignes qui menaçaient la ville quand un prétorien mettait à l'encan l'empire de l'univers. Ils ont reçu le châtiment de leurs crimes, ces farouches soldats dont les caprices mercenaires ont tant de fois ensanglanté ces murs. La mort eut été pour eux un supplice trop doux ; elle les eût délivrés de leur honte, et j'ai voulu les en accabler. Je leur ai ordonné de vivre, mais sans asile, sans patrie et d'aller montrer à tout l'univers comment les Romains savent punir les traitres.

Et toi, Pertinax, du haut des célestes demeures où tu es allé recevoir ta récompense, puisse ton âme, apaisée par le châtiment de tes meurtriers, veiller encore sur une ville dont tu n'as cherché pendant ta vie que la gloire et le bonheur ! Vois tes assassins traîner partout leur opprobre et leur misère ; exauce-nous comme t'a exaucé Jupiter vengeur.

C. *Les deux éditions des* HEURES PERDUES.

Nous croyons rendre service aux possesseurs de la réimpression de *Mes Heures perdues*, faite en 1878 chez l'éditeur Cinqualbre en leur indiquant, d'après l'édition de 1833, que nous avons collationnée avec soin, les erreurs de cette réimpression.

Page 5, vers 5, au lieu de *t'attends*, lire *t'attend*.

Page 6, vers 23, au lieu de *les*, lire *des*.

Page 22, vers 27, au lieu de *lueur*, lire *lueurs*.

Page 65, il manque le sixième vers :

De vous avoir pu mettre en l'état que voici.

Page 65, vers 6, qui devrait être le septième, au lieu de *sans nul doute*, lire *car sans doute*.

Page 72, vers 2, au lieu de *le*, lire *mon*.

Page 78, vers 9, au lieu de *ses*, lire *des*.

Page 78, vers 26, au lieu de *large*, lire *grande*.

Page 94, vers 22, au lieu de *tous*, lire *tout*.

Page 117, ligne 4, supprimer *la* avant *chambre*.

Page 119, vers 2, au lieu de *tient*, lire *tint*.

Page 123, vers 2, au lieu de *de*, lire *du*.

Page 125, ligne 17, au lieu de *donnée*, lire *damnée*.

Page 128, ligne 24, au lieu de *Cohuet*, lire *Colmet*.

Page 129, ligne 6, au lieu de *ne*, lire *n'en*.

Page 132, vers 4, au lieu de *leur méchanceté*, lire *leurs méchancetés*.

Page 137, vers 12, au lieu de *l'amour*, lire *l'honneur*.

Page 139, vers 1er, au lieu de *qui pourra la*, lire *qui la pourra*.

Page 162, 21e ligne, au lieu de *sur son lit*, lire *sur le lit*.

Page 172, 7e ligne, au lieu de *la*, lire *ta*.

Page 184, ligne 8, supprimer *puis* AMBROISE PARÉ.

Page 189, ligne 10, au lieu de *mais où est donc Paré?* lire *mais où donc est Paré?*

Page 190, ligne 6, le mot *mon* manque dans l'édition originale.

Page 194, ligne 14, au lieu de *des*, lire *les*.

Page 196, vers 8, au lieu de *maris*, lire *époux*.

Page 199, ligne 5, au lieu de *paraissent*, lire *paraissaient*.

Page 201, ligne 14, à FRANÇOIS Ier ajouter : *d'une voix éteinte*.

Page 203, ligne 21, au lieu de *la crainte de Dieu*, lire *la crainte en Dieu*.

Page 214, vers 21, au lieu de *vient*, lire *viens*.

Page 227, ligne 10, au lieu de *Chrispin*, lire *Crispin*.

Page 228, ligne 22, au lieu de *parler*, lire *servir*.

Page 230, ligne 17, au lieu de *pas*, lire *point*.

Page 231, vers 2e, au lieu de *en veut être*, lire *veut en être*.

Page 231, ligne 18, au lieu de *pouvez*, lire *voulez*.

Page 237, ligne 12, ajoutez *la* entre *voyez-vous* et *maîtresse.*

Pages 240 et 241, après *sans rancune* du dernier vers, page 240, mettre *touchez là* et supprimer *Valère* du premier vers, page 241.

Page 241, ligne 20, ajouter *je* entre *Ah!* et *suis.*

FIN

TABLE

LAON. — Imprimerie du *Journal de l'Aisne*, rue Sérurier, 22.

www.ingramcontent.com/pod-product-compliance
Ingram Content Group UK Ltd.
Pitfield, Milton Keynes, MK11 3LW, UK
UKHW020912180726
13838UKWH00002B/502